Die magische Insel
Verrat bei den Wikingern

THiLO

Verrat bei den Wikingern

Der Umwelt zuliebe ist dieses Buch
auf chlorfrei gebleichtem Papier gedruckt.

ISBN 978-3-7855-4338-2
1. Auflage 2007
© 2007 Loewe Verlag GmbH, Bindlach
Umschlag- und Innenillustration: Almud Kunert
Umschlaggestaltung: Andreas Henze
Printed in Germany (003)

www.loewe-verlag.de

Inhalt

Ein stürmischer Tag 7
Ein folgenschwerer Unfall 16
Vor Odins Thron 23
Die Hütte 30
Ankunft bei den Wikingern 34
Ein unerfreuliches Treffen 41
Haralds Vater 49
Odins Stein ist magisch 55
Menschen und Götter 63
Der Heilige Hain 70
Schadenfreude 76
Ein Geständnis 81
Ausgetrickst! 88
Die Opferhöhle 95
Das Geheimnis des Friedhofs 103
Der Rote Erik 110
Das Thing 119
Die Brosche 127
Mittsommerfest 132
Ein neues Abenteuer 141
Bericht an Odin 150

Ein stürmischer Tag

Einar war auf seinem Beobachtungsposten. Gebannt presste er sein neues Fernglas an die Augen. Er hatte es erst letzte Woche zu seinem elften Geburtstag bekommen. Aber schon jetzt konnte er sich ein Leben ohne es gar nicht mehr vorstellen.

Da! Das Vogelpärchen, das an der Felswand der Steilküste an seinem Horst arbeitete, kam zurück. Beide mit ein paar Zweigen im Schnabel.

„Kolkraben, ich wusste es!", murmelte Einar.

Er legte das Fernglas beiseite und schrieb einige krakelige Worte in seinen Notizblock.

Odin knurrte. Einar legte ihm beruhigend die Hand auf den Kopf. Der kleine Foxterrier war schon lange sein bester Freund. Seine Eltern hatten ihn eines Tages mitgebracht, um Einar den Abschied von der großen Stadt Trondheim leichter zu machen.

Seit vier Jahren lebten sie nun schon in diesem norwegischen Fjord. Hier gab es nichts außer der wilden Natur. Einar hatte sie mittlerweile genau studiert: seltene Pflanzen, scheue Tiere und natürlich das Meer! Und täglich entdeckte er etwas Neues.

Er wusste, dass seine alten Freunde in Trondheim es langweilig fänden, Tag für Tag einfach nur herumzulaufen und die Natur zu erkunden. Aber Einar liebte es, stundenlang im hohen Gras zu liegen! Dann beobachtete er alles, was ihm vor die Nase kam. Seine Eltern erforschten die Fjorde – er die Umgebung ihres Hauses.

Odin knurrte wieder.

Jetzt erst bemerkte Einar, dass es zu nieseln begonnen hatte. Vor Freude über die beiden seltenen Vögel hatte er die feinen Tropfen gar nicht gespürt.

„Wie schaffen die es nur, dass die Zweige am nackten Fels hängen bleiben?", fragte er sich.

Odin fiepte zur Antwort. Er schüttelte sich. Jetzt kam auch noch heftiger Wind auf.

Einar schlug den Kragen seiner Wachsjacke hoch. Dann nahm er das Fernglas wieder an die Augen. Er war schließlich nicht aus Zucker! Die beiden adlergroßen Vögel vollführten erstaunliche Flugmanöver, um ihr Nest anzusteuern.

Odin glaubte anscheinend, dass er aus Zucker war. Als der Regen etwas heftiger wurde, sprang er auf und zog an der Jacke seines Herrchens. Einar seufzte auf.

„Okay, Odin, hab verstanden. Du hast keine Lust mehr!"

Ein letztes Mal sah er durch das Fernglas. Auch den Raben hatte das Wetter wohl die Lust am Nestbau verdorben. Direkt über den Köpfen von Einar und Odin drehten sie eine letzte Runde. Dann ließen sie sich auf einem geschützten Felsvorsprung nieder. Eng aneinandergekuschelt hockten sie auf dem Felsen und steckten die Schnäbel ins Gefieder.

Einar stand langsam auf.

„Gut, dann machen wir für heute auch Schluss", sagte er. Das Fernglas schob er in die gepolsterte Tasche zurück. „Vielleicht finden wir ja im Internet noch ein paar Informationen über unsere neuen Freunde."

Gerade wollte Einar zum Haus zurückgehen, als eine einzelne schwarze Feder zu ihm heruntersegelte. Bevor der kräftige Wind sie wieder davonwehen konnte, packte er zu.

„Danke für das Geschenk!", rief er gegen den Sturm an. „Bis morgen dann!"

Mit matschschweren Gummistiefeln stapfte Einar den schmalen Pfad entlang, der zum Leuchtturm führte. Odin schien sich auf seinen warmen Platz am Kachelofen zu freuen. Wie aufgedreht sprang er um Einar herum.

Einar ließ seinen Blick schweifen. Vom höchsten Punkt der Landzunge aus ragte der Leuchtturm in die Höhe. In früheren Zeiten hatte das Licht des Turms bei Unwettern wie diesem jetzt die Schiffe vor der Küste gewarnt, wusste er. Doch dann wurde ein anderer, moderner Leuchtturm gebaut. Dieser und das kleine weiße Holzhaus daneben standen leer. Bis Einar mit seinen Eltern einzog. Neben wenigen Möbeln hatten sie vor allem Unmengen von Büchern mitgebracht.

Wie der Zeigefinger eines Riesen sieht der Leuchtturm aus, schoss es Einar durch den Kopf. Ein bewohnter Zeigefinger, in dem fleißig gearbeitet wird! Einar grinste. Im Turm hatten seine Eltern nämlich ihre Büros untergebracht. Und im ersten Stock lag sein eigenes Reich: ein kleines Studierzimmer, nur für ihn alleine! Er nannte es sein „Labor". Um den Schreibtisch herum gab es nämlich noch Platz für ein Mikroskop, den Chemiekasten, allerhand Magneten, Pinzetten, Lupen und natürlich seine Insektensammlung.

Einars Blick fiel auf das Schild neben der roten Tür des Leuchtturmwächterhauses:

Olav Magnusson, Geologe
Stine Magnusson, Forschungsassistentin
Einar Magnusson, Schüler

An der Eingangstür zum Leuchtturm zog Einar seine Gummistiefel aus. Seine Mutter konnte unnötige Hausarbeit nicht leiden. Mit einem Handtuch rubbelte er auch Odins Fell trocken. Der Hund dankte ihm, indem er Einar mit seiner schlabberigen Zunge über das Gesicht leckte.

„Da seid ihr ja!", begrüßte sie Einars Mutter. „Ich habe dir schon eine Kanne Tee auf deinen Schreibtisch gestellt!"

Einar schnupperte. Erdbeer-Sahne-Tee, seine Lieblingssorte!

„Bombastisch fantastisch, Mama!", jubelte er. Den Ausdruck benutzte er nur, wenn ihn etwas vollkommen begeisterte. Und die Aussicht auf warmen Tee in seinem kalten Bauch war großartig!

Fröhlich rannte er die Stufen zu seinem Labor empor. Da stand der Tee, mitten auf seinem

Schreibtisch! Einar setzte sich in den abgewetzten braunen Cordsessel. Von hier aus konnte er nicht nur seinen Computer bedienen. Durch das schmale Fenster hatte er auch einen Blick auf das Meer. Dafür beneideten ihn sicher alle Menschen auf der Welt! Er nippte an der Tasse. Mmmmh, gut!

Mit einem Klick fuhr er den Rechner hoch und loggte sich im Internet ein. Odin tänzelte winselnd vor ihm herum.

„Jetzt hab ich dich fast vergessen!", sagte Einar schuldbewusst. Er zog eine Tüte Leckerlis aus der Schreibtischschublade. Glücklich schnappte sich Odin den Brocken und verzog sich damit in sein Körbchen. Dicht am Kachelofen, der in der Ecke vor sich hinbollerte, fühlte er sich nach so einem feuchten Spaziergang am wohlsten, wusste Einar.

„Was haben wir herausgefunden?", fragte er und warf einen Blick auf seine Notizen. „Kolkraben. Pechschwarzes Gefieder. Schwarzer Schnabel. Etwa adlergroß. Nestbau an steilen Felsen."

Er legte den Block aus der Hand. „Das ist schon eine ganze Menge. Aber es gibt sicher mehr."

Auf dem Bildschirm erschien ein Rabe. Einar studierte die Erklärungen darunter.

„Aha, hier! Pass auf!" Seine Augen überflogen den Text. Wie immer las er Odin vor: „Der Kolkrabe. Gehört wie Elstern, Dohlen und Krähen zur Familie der Rabenvögel. Er ist besonders neugierig und intelligenter als alle anderen Vögel und selbst nach menschlichen Maßstäben klug – hey, genau wie du, Odin!"

Odin ließ für einen Moment von seinem Leckerli ab und sah Einar mit seinen großen schwarzen Augen an.

„Quatsch, Odin, das steht hier nicht!" Einar schmunzelte. „Die Nahrung des Kolkraben ist sehr vielseitig: Insekten, Würmer, Schnecken, Fische, Muscheln, Obst und Körner. Bei den alten Germanen galt er als Götterbote und Symbol der Weisheit.

Guck mal, Odin, jetzt steht aber doch noch was über dich hier! Der nordische Gott Odin hatte zwei Raben als Begleiter, Hugin und Munin! Lustige Namen, findest du nicht?"

Einar sah zum Körbchen seines Hundes hinüber. Odin hob den Kopf. Irgendetwas schien ihn zu irritieren. Mit Trippelschritten stieg er aus seiner Kuschelecke und lief zur Tür.

„Was ist denn jetzt los?", wunderte sich Einar. „Du kannst doch nicht schon wieder müssen?"

Dann dämmerte es ihm. „Ah, du willst mich an unseren Fund erinnern!"

Er zog die Rabenfeder aus seiner Jackentasche.

Doch der Hund beruhigte sich nicht. Im Gegenteil. Winselnd sprang Odin vor der geschlossenen Tür des Labors auf und ab, als wollte er die Klinke selber herunterdrücken.

Einar zuckte mit den Schultern. Kurz überlegte er, ob er Odin nicht nachgeben sollte. Ein Blick aus dem Fenster genügte, um diesen Gedanken zu verwerfen. Dicke Regentropfen schlugen an die Scheibe.

„Vergiss es!", schnaubte Einar. „Bei dem Wetter jagt man keinen Hund vor die Tür – das solltest du doch wissen!"

Nein, Odin schien es nicht zu wissen. Er tänzelte immer wilder im Kreis. Schließlich bellte er sogar laut. Vielleicht ist er krank, dachte Einar erschrocken. Anders konnte er sich das seltsame Verhalten seines Freundes nicht erklären.

„Also gut, du hast gewonnen! Ich lass dich raus. Aber glaub nicht, dass ich mitkomme. Ich warte im Hausflur auf dich!"

Kaum hatte er die Tür zur Treppe geöffnet, als Odin blitzschnell nach der Feder schnappte und die Stufen hinunterraste.

„Du brauchst die Feder nicht zurückbringen, die Vögel können nichts mehr damit anfangen!", rief ihm Einar nach.

Als er die Haustür öffnete, wäre er beinahe umgerissen worden, so gewaltig tobte der Sturm schon.

„Keine Chance, Odin!", schnaufte er. „Wenn du da rausgehst, kann ich dich morgen in Amerika abholen!"

Er drückte mit aller Kraft gegen die Tür. Doch bevor sie zufiel, huschte Odin durch den letzten schmalen Spalt nach draußen. Einar war zu überrascht, um ihn festzuhalten.

„Odin!", rief er entsetzt. „Bleib hier!"

Doch zum ersten Mal in seinem Leben gehorchte ihm Odin nicht. Schon nach wenigen Sprüngen war er im dichten Gras verschwunden. Einar schluckte. Was sollte er nur tun?

Ein folgenschwerer Unfall

Einar hastete durch das Unwetter. Er verfluchte seinen Hund! Und er verfluchte sich dafür, dass er seinen kleinen Hund verfluchte. Zum ersten Mal seit vier Jahren wünschte er sich nach Trondheim zurück. In der Stadt war Regen Regen, und Wind war Wind. Hier draußen an der Küste aber konnte sich die Mischung aus beidem zu einem Orkan auswachsen. Dann war es richtig gefährlich, vor die Tür zu gehen. Heute war so ein Tag, und gerade da musste Odin verrücktspielen!

„Odin, wo bist du?", brüllte er. Es war sinnlos. Der Sturm schluckte jedes Wort. Regen peitschte Einar ins Gesicht. Längst hingen ihm die blonden Haare in die Augen. Ein Blitz zuckte über den Himmel. Einar erschrak. Stolpernd erreichte er die Klippen. Von seinem Hund fehlte jede Spur.

„Oooodin!" Seine Rufe wurden immer verzweifelter. Der Ärger auf Odin wich nackter Angst. Odin war sein bester Freund. Ihm durfte einfach nichts zustoßen!

Mit nervösem Blick musterte Einar die Felsen unten am Wasser. Immer wieder wurden sie vom tosenden Meer überrollt. Da! Er glaubte, ein Stück Fell erspäht zu haben.

Einar zögerte. Hier oben an der Steilküste war es bei diesem Wetter gefährlich. Unten am Wasser herumzuklettern, war jedoch glatter Selbstmord! Die Zeitungen berichteten immer wieder von Pechvögeln, die bei Sturm ins tosende Meer gefallen und ertrunken waren. Manche hatten ihr Leben für eine Pfandflasche riskiert – und verloren. Einar kannte all diese Geschichten, aber das hier war anders! Es ging um Odin!

Er lief zu der Stelle, an der man an sonnigen Tagen gefahrlos bis ans Meer hinuntersteigen konnte. Jetzt allerdings waren die Felsen klitschnass und rutschig. Er verwünschte seinen überhasteten Aufbruch. Hätte er doch statt der Gummistiefel seine Turnschuhe angezogen!

Schon glitt er aus! Doch er fing sich. Einar atmete tief durch. Du musst vorsichtiger sein, ermahnte er sich. Dann sah er Odin. Klitschnass hockte sein kleiner Hund auf einem einzelnen Felsen mitten im Wasser! Die nächste Welle konnte ihn ins schäumende Meer spülen!

Einar ließ alle Vorsicht fahren. Unsicher sprang er von Fels zu Fels. Er rutschte wieder aus. Auf allen vieren krabbelte er weiter. Endlich war er am Wasser. War Odin noch da? Einar blickte sich um. Der Fels war leer!

„Ooooooo-din!" Einar richtete sich auf.

Da sah er sie. Wildschäumend rollte eine riesige Welle auf ihn zu! Groß und breit, wie eine Häuserwand. Hau ab, dachte er. Nein, geh in Deckung! Zu spät! Die Welle traf ihn mit voller Wucht. Kopfüber klatschte er ins Wasser. Es war eisig kalt. Panische Angst stieg in ihm auf. Er schrie. Wollte schreien. Salzwasser schoss ihm in den Mund. Krampfhaft wirbelte er mit den Armen. Seine Hände griffen ins

Leere. Dann spürte er den Sog: Die zurückprallende Welle zog ihn ins Meer hinaus.

Nicht aufgeben!, durchzuckte es Einar. Nur nicht aufgeben! Doch schon jetzt verließ ihn die Kraft. Mit einem verzweifelten Ruck hob er noch einmal seinen Kopf aus den Wellen.

„Odin! Odin – ich wünschte, du wärst bei mir!" Dann sank er abwärts. Einar spürte, wie die Angst verschwand. Er sank tiefer und tiefer. Bilder tauchten auf. Sein achter Geburtstag. Freunde aus Trondheim waren da. Mutter servierte Windbeutel. Alle rannten um den Leuchtturm. Vater war der Fuchs, sie die Hasen. Wie albern! Ich bin doch schon elf!

Plötzlich rissen die Bilder ab. Einar spürte festen Boden unter seinen Füßen! Seine Hände griffen in Sand. Wind trocknete sein Gesicht. Die Sonne wärmte seinen Rücken.

Da war etwas Nasses in seinem Gesicht. Einar kannte das Gefühl. Trotzdem brauchte er einen Moment, um es einzuordnen. Eine schlabberige Zunge leckte ihm quer über die Nase! Zaghaft öffnete Einar die Augen.

„Odin!", keuchte er froh. „Was hast du dir nur dabei gedacht?"

Odin bellte. Vergnügt sprang sein Hund um ihn her, die Rabenfeder noch immer in seinem Maul. Der Sturm war vorbei.

„Das Menschlein kommt zu sich!", krächzte da plötzlich jemand.

Benommen setzte sich Einar auf. Niemand war zu sehen.

„Ja doch, er bewegt sich!", antwortete eine tiefere Stimme.

Einar wandte sich um. Auf einem großen Stein hockten zwei Raben! Der eine war lang, mit glänzendem Gefieder. Er machte einen vornehmen Eindruck. Sein Nachbar war kleiner, dicker und vor allem ziemlich strubbelig. Aber ... konnte das sein? Hatten sie gesprochen?

„Gestatten!", krächzte der Lange. „Hugin mein werter Name!"

Der dicke Vogel nickte. „Und ich bin Munin!"

Einar stutzte. Hugin und Munin? Die Namen kamen ihm bekannt vor. „Moment, ich kenn euch doch! Ja, ihr wart die beiden Gefährten von Odin, dem nordischen Gott!"

Keckernd rieben die beiden Raben ihre Schnäbel aneinander.

„Das Menschlein ist schlau!", bemerkte der lange Rabe.

„Aber wir waren nicht nur seine Gefährten, wir *sind* es noch immer!", bestätigte der Aufgeplusterte. „Du hast unseren Herrn gerufen. Man nennt ihn den Wunscherfüller, wusstest du das auch?"

Doch Einar hörte kaum hin. Ihm war plötzlich etwas aufgefallen: Dies war nicht sein Fjordufer – er war auf einer fremden Insel! Er kannte das Meer und den Fjord wie seine Westentasche. Aber eine Insel so nah vor der Küste war ihm noch nie aufgefallen. War er so lange bewusstlos gewesen und unbemerkt weit ins Meer hinausgetrieben? Aber es sah hier so aus wie zu Hause …

„Sieh dich ruhig um!", krächzte Munin. „Jeder ist verwirrt, wenn er die magische Insel zum ersten Mal betritt."

Der lange Rabe nickte. „Wobei ich hinzufügen darf, dass unser letzter Besuch auf der Erde schon eine Weile zurückliegt. Odin und unsere Wenigkeit scheinen ein bisschen aus der Mode gekommen zu sein!"

Odin kläffte.

„Aber jetzt komm endlich!", forderte Hugin. „Unser Herr erwartet dich bereits!"

Beinahe gleichzeitig spreizten die beiden Raben ihre Flügel und hoben ab. Odin sprang ihnen freudig kläffend hinterher.

„Gut!", murmelte Einar verwirrt und klopfte sich Sand von der Jacke.

Magische Insel! Er schüttelte den Kopf. Was sollte hier schon magisch sein? Sprechende Raben? Man konnte allen möglichen Vögeln ein paar Worte beibringen, erinnerte er sich. Nicht nur Papageien. Er sah sich um. Die Insel war nicht besonders groß. An einen schmalen Sandstreifen grenzte eine Wiese mit drei Birken. Darunter stand eine kleine, strohgedeckte Hütte. Die Raben landeten auf deren Dach.

„Tritt ein, bring Glück herein!", krächzte Munin.

Zögernd trat Einar auf das Häuschen zu. Dann siegte seine Neugier. Er zog die Tür auf. Was er sah, raubte ihm den Atem.

Vor Odins Thron

Einar blinzelte, doch an dem Bild vor ihm änderte sich nichts. Mitten in der düsteren Hütte stand ein steinerner Thron! Ein uralter Mann mit einem langen, schlohweißen Bart saß darauf. Auf dem Kopf trug er einen goldenen Helm mit zwei geschmiedeten Flügeln an den Seiten. Und – Einar schnürte es die Kehle zu – die linke Augenhöhle war leer! Das rechte Auge aber glitt unaufhörlich über ein dickes Buch, in dem der Alte mit einer Feder schrieb. Einar hatte sein Bild bei der Beschreibung der Rabenvögel gesehen – es war … Odin. Oder jemand, der wie Odin aussah?

Wie sollte er sich verhalten? Durfte er den weisen Magier überhaupt stören? Aber die Raben hatten ihm ja gesagt, dass er erwartet wurde.

„Entschuldigt!", würgte er schließlich hervor.

Ruhig hob der Alte den Kopf und sah Einar mit seinem Auge durchdringend, aber freundlich an. Seine ganze Erscheinung strahlte Weisheit aus. Einars Angst verflog.

„Ah, Einar Magnusson, wenn ich nicht irre!", sagte der Mann mit rauer Stimme. „Schön, dass du da bist!"

Einar nickte schüchtern. Jetzt erst bemerkte er den Wolf, der vor dem Thron lag und die Zähne fletschte! Einar musste sich zwingen, ruhig zu bleiben.

„Es erstaunt mich, dass es noch Menschen gibt, die an mich glauben und in der Not nach mir rufen. Das war einmal ganz anders …" Sein Blick wurde nachdenklich. „Nun, ich habe dir geholfen!", fügte er nach einer Weile hinzu. „Jetzt wollen wir sehen, ob du auch mir einen Gefallen erweisen kannst!"

Wieder schluckte Einar. Das alles war einfach unfassbar!

„Gern …", stammelte er.

„Ich bin Odin. Manche nennen mich den Wunscherfüller, andere den Vater der nordischen Götter oder den großen Magier. Vor allem aber bin ich der Herr des Wissens. Hier!" Mit seinen faltigen Händen deutete er auf das ledergebundene Buch in seinem Schoß. „Im Moment schreibe ich an einer Chronik der Wikinger. Aber selbst Munin, der sich sonst an fast alles erinnert, hat einige Begebenheiten vergessen. Ich brauche also einen Forschungsassistenten. Weißt du, was das ist, Einar?"

Endlich fand Einar seine Sprache wieder. „Ja, ganz

genau. Mein Vater ist auch Forscher, und meine Mutter hilft ihm bei seiner Arbeit, wenn er nicht weiterkommt. Sie ist Forschungsassistentin."

Gefällig nickte Odin mit dem Kopf. „Sehr gut, sehr gut! Würdest du für mich in die Zeit der Wikinger reisen?"

Einar klappte der Unterkiefer herunter. „Ich? In die Wikingerzeit? Aber, wie soll das gehen?"

Odins Mund verzog sich zu einem Lächeln. „Das Reisen übernimmt die magische Insel für dich. Du musst dich nur entscheiden, ob du den Auftrag annehmen willst!"

Einar nickte ungläubig. Machte dieser alte Mann Witze? Aber wenn nicht, dann würde er, Einar, … echten Wikingern begegnen!

„Da fragst du noch?", sprudelte es aus ihm heraus. Sofort biss er sich auf die Lippen. So sprach man bestimmt nicht mit einem großen Magier! Doch Odin lächelte noch breiter.

„Sehr gut, sehr gut!", murmelte er wieder. „Du musst mir einen Text besorgen. Vor langer, langer Zeit hat ein Steinmetz das Loblied auf den tapferen Smigur in einen Findling gemeißelt. Die Worte wollen mir einfach nicht mehr einfallen, aber ich benötige sie dringend für meine Chronik."

Odin drückte auf einen steinernen Knauf an seinem Thron. Wie von Zauberhand öffnete sich eine kleine Schublade. Der Magier holte einen handflächengroßen Steinsplitter heraus.

„Das ist alles, was ich vom tapferen Smigur noch erfahren konnte. Ein arabischer Händler hat den Splitter einst als Reiseandenken in Haithabu im heutigen Norddeutschland einem norwegischen Wikinger abgekauft. Über Umwege ist er zu mir gekommen. Der zerstörte Stein befindet sich in einem kleinen Dorf in Norwegen. Jahrhundertelang wurde das Lied dort auf dem Mittsommerfest vorgetragen, zu Smigurs und meiner Ehre! Aber ohne diesen Splitter kann niemand mehr seinen Sinn verstehen, und das Lied wird nicht mehr gesungen."

Er scheint es sehr gemocht zu haben, dachte Einar, sonst würde er nicht so traurig aussehen. Da spürte er plötzlich Odins Hand auf seinem Arm. Einar zuckte. Sie war kalt wie Eis. Der Magier hielt ihm den Splitter hin. Neugierig betrachtete ihn Einar. Er hoffte, etwas über Smigur zu erfahren. Aber er fand nichts außer zackigen Linien.

„Aber ... das sind ja nur Striche!", stammelte er enttäuscht.

„Das sind Runen!", verbesserte Munin. Ihm war es draußen offensichtlich zu langweilig geworden. Auf seinen dürren Beinen stakste er in die Hütte.

„Es stimmt, was mein vorlauter Rabe sagt. Und jetzt höre mir gut zu, Einar. Suche den Runenstein, und schreibe das Loblied für mich ab! Im Jahr 970 findet in dem Dorf eine Gerichtsverhandlung statt, die in die Geschichte eingehen wird. Erik der Rote wird verurteilt werden. Ich glaube, das wäre ein guter Zeitpunkt, um den Stein zu suchen. Was denkst du, Einar?"

„Bombastisch fantastisch!", jubelte Einar. Schnell verbesserte er sich: „Äh, ich meine: ja, natürlich!"

„Gut!", fuhr Odin fort. „Ich werde dir meine beiden treuen Raben als Begleiter mitgeben. Und mach dir keine Sorgen um deine Eltern. Sie werden deine Abwesenheit nicht bemerken."

Odin stand auf. Sein Helm streifte beinahe das Dach. „Jetzt entschuldige mich. Ich muss in mein Studierzimmer nach Asgard. Ein Buch wartet darauf, gelesen zu werden!"

Er schwebte förmlich zur Tür der Hütte hinaus, sein Wolf folgte ihm. Einar stolperte ihm hinterher.

Draußen beugte sich der Magier zum kleinen Odin herunter.

„Ein schönes Wolfskind. Auf welchen Namen hört es?"

Einar schluckte. Musste er jetzt zugeben, dass all das nur ein Missverständnis war?

„Er hat noch keinen Namen", flunkerte er. „Aber wenn du erlaubst, würde ich ihn gerne Odin nennen!"

Einar hoffte, dass ihn der Magier nicht durchschaute. –

Nein! Jedenfalls ließ er sich nichts anmerken. „Sehr gut, sehr gut. Ich sehe schon, du bist ein würdiger Assistent", sagte er schmunzelnd.

Dann war er verschwunden.

Einar rieb sich verwundert die Augen, doch Hütte, Insel und Raben blieben, wo sie waren.

„Und wie kommen wir ins Jahr 970?", fragte er zaghaft.

„Unser weiser Herr hat deine Zusage vorausgeahnt, Menschlein", krächzte Hugin. „Wir sind bereits in See gestochen!"

Munin schüttelte den Kopf. „Hör nicht auf sein vornehmes Gekrächze, Einar. Was Hugin sagen will, ist: Die magische Insel ist schon bei den Wikingern angekommen!"

Die Hütte

Ohne abzuwarten, ob ihm Odin und die Raben folgten, rannte Einar zum Strand der Insel. War er wirklich im Jahr 970, in der Zeit der Wikinger?

Die Sonne stand hoch am Himmel. Eindeutig Mittsommerwetter, das stimmte schon mal. Einar legte die Hand über die Augen. Die magische Insel lag keine 100 Meter vor dem Festland. Schroffe Felsen hoben sich majestätisch aus dem Meer in die Höhe. An einigen Stellen war das Ufer aber flach. Hier und da konnte Einar kleine Sandstrände in versteckten Buchten erkennen. Doch etwas war anders als zu Hause, das sah er sogar auf diese Entfernung. Auf den Felsen, hinter dem dünnen Uferstreifen, wuchsen Bäume. Viele Bäume, ein regelrechter Wald! So nah am Meer gab es die seit über 500 Jahren nicht mehr, wusste Einar. Der längste von ihnen, eine schnurgerade Birke, fiel in diesem Augenblick mit einem Krachen um. War sie vielleicht von Wikingern gefällt worden? Einar schluckte erstaunt. Das hier war kein Traum, keine Einbildung. Das war alles echt! Er war tatsächlich in der Zeit gereist!

„Bombastisch fantastisch!", murmelte er.

Sein Herz schlug schneller. Würden ihn die Wikinger überhaupt willkommen heißen? Er hatte schon viel über die Nordmänner gelesen. Aber stimmte auch alles? Waren sie wirklich so eine wilde Horde von Schlägern und Raufbolden? Einar nahm sich vor, es herauszufinden. Schließlich war er Odins Forschungsassistent!

Plötzlich packte ihn die Ungeduld. Er wollte los!

Er wandte sich an Munin, der auf einem Baumstamm hockte. „Muss ich da rüberschwimmen?" Ihn schauderte bei dem Gedanken, wieder ins Meer zu springen.

„Das kostet zu viel Kraft!", antwortete der Rabe. „Nimm besser das Boot!" Er wies mit dem Schnabel auf einen Pfosten, um den ein Seil gebunden war. Am Ende des Seils schaukelte ein kleines Ruderboot in der sanften Brandung.

Sofort machte Einar die Leine los. Doch Hugin flatterte aufgeregt um seinen Kopf. „Nicht so voreilig, Menschlein!", schimpfte er. „Du bist nicht dem Anlass entsprechend gewandet!"

Munin schüttelte kichernd den struppigen Kopf. „Er meint, du sollst dir etwas anderes anziehen. Geh in die Hütte, da findest du alles, was du brauchst!"

Einar verzog das Gesicht. „Wollt ihr mich veräppeln? In der Hütte ist nichts außer Odins Thron und ein Steintisch!"

Beide Raben kicherten. „Hör einfach auf uns, Einar!", krächzte Munin.

Einar zögerte kurz, dann machte er das Boot wieder fest und stapfte verdrossen zur Hütte zurück. Was sollte das? Er hatte da drin nichts gesehen, was ihm bei seiner Erkundung nützlich sein könnte.

Mürrisch stieß er die Tür auf – und fiel beinahe rückwärts um!

„Bombastisch fantastisch!", rief er. Während seiner kurzen Abwesenheit hatte sich die Hütte vollkommen verändert. Der wuchtige Thron war weg! Stattdessen baumelte nun eine Hängematte zwischen den Eckpfosten. In der Mitte des Raumes stand ein weißer Schreibtisch mit Stiften, Kleber und Schere. An der Wand hing eine große Weltkarte, Norwegen blinkte rötlich. Die Karte zeigt wohl an, wo sich die magische Insel gerade befindet, überlegte Einar.

Auch das Licht war nun viel freundlicher hier drin, nicht mehr so düster wie vorhin. Einar fühlte sich sofort pudelwohl. Es war fast so gemütlich wie in seinem Labor im Leuchtturm.

Beim Probeliegen in der Hängematte entdeckte er neben der Tür einen hohen Spiegel und einen

Spind. Mit zwei Schritten war er da. Vorsichtig öffnete er die Tür. Er fand eine einfache Stoffhose und einen Umhang aus ungefärbtem Leinen. Dazu eine Umhängetasche und zwei Lederlappen mit dünnen Schnüren. Das mussten die Schuhe sein!

Schnell probierte Einar die Sachen an. Stolz betrachtete er sich im Spiegel. Er sah einfach umwerfend aus! „Gestatten, Einar, der bombastisch fantastische Wikingerjunge!", sagte er lachend. Ja, so konnte er sich bei den Wikingern zeigen!

Er verstaute seine Wachsjacke, Jeans, T-Shirt und die Gummistiefel im Schrank. Odins Steinsplitter legte er behutsam in die Tasche und warf sie sich über die Schulter.

Mit großen Schritten marschierte er aus der Hütte. Odin, der draußen auf Einar gewartet hatte, kläffte bei seinem Anblick erschrocken und sprang auf die Pfoten. Erst nach ausgiebigem Schnüffeln erkannte er sein Herrchen wieder. Freudig fiepend rieb er seinen Kopf an Einars Bein. Einar musste lachen. „Ja, ich bin's wirklich, Odin!", versicherte er. „Aber keine Angst, du musst dich nicht verkleiden – als Wikingerhund!"

Dann stiegen alle vier ins Boot, und Einar ruderte los. Dem Abenteuer entgegen!

Ankunft bei den Wikingern

Gleichmäßig tauchten die Ruderblätter des kleinen Boots ins Wasser. Einar näherte sich der Küste. Verblüfft sah er zu, wie sich die magische Insel in immer dichteren Nebel einhüllte. Schließlich war sie ganz verschwunden.

Jetzt wurde ihm doch wieder etwas mulmig. Wie gut nur, dass Odin bei mir ist, dachte er. Da knirschte auch schon Kies unter dem Bug – sie waren an Land! Einar sprang ins seichte Wasser und zog das Boot auf den Strand.

„So ein Mist!", hörte er da jemanden rufen.

Ein blonder Junge stürmte an den Strand. Er trug einen Umhang aus dunkelblauem Leinen mit einem dicken Ledergürtel, seine Füße waren nackt. In seinem Zorn bemerkte er Einar, Odin und die Raben gar nicht. Blindlings rannte er ans Ufer. Er schleuderte sein Holzschwert weit von sich ins Meer und ließ sich dann in den Sand fallen.

„So eine Ungerechtigkeit!", fluchte er wieder.

Einar atmete durch. Jetzt durfte er keinen Fehler machen!

„Was ist ungerecht?", fragte er so freundlich wie möglich.

Überrascht sprang der Fremde auf die Füße. Bereit zum Boxkampf, hielt er die Fäuste vors Gesicht. Durch schmale Augenschlitze musterte er Einar von oben bis unten. „Was geht dich das an, Fremder?", knurrte er abschätzig.

Statt einer Antwort hob Einar abwehrend die Hände. „Ich will dir nichts tun. Dein kleiner Wutanfall war einfach nur schwer zu überhören."

Der Junge senkte seine Fäuste. Offenbar gefiel ihm, dass sich Einar nicht einschüchtern ließ.

„Nichts ist los. Es war ... eine Strategie. Um die Vögel zu vertreiben. Ich will Vogeleier sammeln."

Einar spürte, wie sein Herz vor Freude hüpfte. „Bombastisch fantastisch!", jubelte er. „Da haben wir ja das gleiche Hobby! Darf ich mitkommen?"

Der Wikingerjunge schien immer noch nicht sicher zu sein, was er von Einar halten sollte. Trotzdem nickte er.

„Aber keinen Mucks!", wies ihn der Junge zurecht. „Sonst gibt's Schläge!"

Bis zur Steilküste sprach er kein Wort mehr. Einar hätte den Jungen gerne gleich Tausend Sachen gefragt, aber er traute sich nicht. Später, wenn sie sich besser kannten, konnte er das immer noch tun.

Am Fuße des höchsten Felsens griff der Wikingerjunge zwischen zwei Gesteinsbrocken. Er zog ein langes Seil aus dem Versteck und warf es sich über die Schultern. „Am Rabenfelsen gibt es die besten Nester!", erklärte er.

Gekonnt warf er sein Lasso über eine Felsennase hoch über ihren Köpfen. Schon beim ersten Versuch blieb es hängen.

„Denen werd ich's schon zeigen!", fluchte er noch einmal.

Einar hielt ihn an der Schulter fest. „Du solltest da nicht hochgehen!", sagte er mutig. „Du bist zu wütend. Wenn du abstürzt, beweist du niemandem etwas!"

Der Junge verzog das Gesicht. „Was weißt du denn schon!", höhnte er. Er schüttelte Einars Hand ab und zog das Seil stramm.

„Wage es ja nicht, mir zu folgen!", herrschte er Einar an.

Dann hangelte er sich wieselflink an der Wand empor.

Einar blickte besorgt zu ihm auf. Er wusste nur zu gut, dass man sich nicht in Gefahr begeben durfte, wenn man aufgeregt war. Odins Rettung wäre ja

auch beinahe schiefgegangen. Als würde er das Gleiche denken, fiepte sein kleiner Hund leise.

Der Junge kletterte rasch immer weiter die Wand hinauf. Ab und zu stoppte er. Dann tastete er mit der freien Hand in den Nestern und holte die Eier heraus. – Ob der Junge wohl wusste, wo der Stein mit dem Loblied zu finden war? Sicherlich wohnte er in dem Dorf oder in der Nähe, wo der Stein angeblich sein sollte …

Ein Schrei riss Einar aus seinen Gedanken. Eines der Nester war nicht leer! Ein brauner Vogel flatterte wütend auf. Mit seinem Schnabel hackte er auf den Kopf des Jungen ein.

Als er mit gestreckten Krallen auf seine Augen zuflog, hob der Junge im Reflex die Hände.

„Nein!", brüllte Einar.

Der Junge stürzte in die Tiefe. Panisch griff er um sich.

Da! Plötzlich schaffte er es, sich an einem Felsvorsprung festzuhalten. Hilflos baumelte er an der nackten Steinwand.

Einar überlegte fieberhaft. Er musste sofort etwas tun, sonst war der Junge verloren! Blitzschnell griff er nach dem Seilende. Sekunden später war er auf der Höhe des Felsvorsprungs.

„Du sollst mir doch nicht folgen", brüllte der Junge. Es klang aber eher so, als würde er mit sich selber schimpfen.

„Der Felsen ist zu weit weg", rief Einar zurück. „Ich pendele hin und her, dann nimm meine Hand!"

Einar stieß sich mit beiden Beinen von der Wand ab. Aber sein Arm war zu kurz. Er griff ins Leere. Unter ihm bellte Odin aufgeregt. Beim zweiten Mal erwischte Einar die ausgestreckte Hand des Jungen. „Halt dich fest", befahl er.

Ohne Widerspruch zog sich der Wikinger zu Einar hoch und schlang die Arme um dessen Nacken. Einar stöhnte unter dem Gewicht. Der Junge erwürgte ihn beinahe. Trotzdem musste er sich konzentrieren! Langsam ließ er sich in die Tiefe gleiten. Die scharfen Fasern des Seils schnitten ihm in die Handflächen. Aber irgendwie schaffte er es, sie heil nach unten zu bringen. Keuchend fielen die beiden Jungen in den Sand. Odin sprang freudig winselnd herbei. Am Himmel sah Einar die Wolken vorbeiziehen.

„Danke", sagte der Junge plötzlich. Er setzte sich auf. „Mein Name ist Harald. Und ich bin so wütend, weil ich noch nicht zum Thing darf. Kennt man das, da wo du herkommst?"

Einar schüttelte den Kopf. Thing? Was sollte das sein?

„Das ist ein Treffen, wo über jeden Streit entschieden wird", erklärte Harald. „Nur Männer dürfen daran teilnehmen – und ich bin erst 13! Dabei wird es morgen richtig spannend." Harald drehte den Kopf und spuckte im hohen Bogen ins Meer. „Der Rote Erik hat einen Mann erschlagen. Wahrscheinlich wird er für friedlos erklärt, er hat dann keine Rechte mehr. Jeder darf ihm ungestraft etwas tun. Dabei ist er eigentlich kein schlechter Mensch…"

Einar schluckte. Ein Mörder, der eigentlich kein schlechter Mensch ist. So dachten also die Wikinger…

„Dabei möchte ich doch endlich ein Mann sein, auf einem Drachenboot fahren und einen richtigen Blutzweig besitzen!"

„Blutzweig?", wunderte sich Einar.

„Na, ein Schwert!" Ohne das Gesicht zu verziehen, stand Harald auf und humpelte ein paar Schritte vorwärts. Jetzt erst sah Einar die tiefe Schürfwunde an dessen Bein. Sein Blick musste voller Sorge sein, denn Harald winkte ab.

„Es geht schon wieder!", murmelte er. „Aber jetzt erzähl mir, wo du herkommst!"

„Gleich!", entgegnete Einar. „Vorher habe ich noch eine Bitte. Die Rabeneier da! Darf ich die haben?"

Harald nickte. „Klar! Ohne dich wären sie längst Matsch!"

Einar nahm die Eier und legte sie behutsam ins Gras. „Ich kenne jemanden, der sie ins Nest zurückbringen wird!"

Von Ferne hörte er Hugin und Munin dankbar krächzen.

Ein unerfreuliches Treffen

„Ich muss jetzt heim", sagte Harald. „Meine Mutter hat Mittagessen gekocht. Magst du mitkommen?" Einar musste nicht lange überlegen: Natürlich wollte er mit. Sein Magen knurrte – außerdem würde er eine echte Wikingersiedlung besuchen!

Über Trampelpfade stiegen sie einen grasbewachsenen Hügel hinauf. Odin folgte ihnen in kurzem Abstand. Als sie oben waren, hatte Einar mit einem Mal das ganze Dorf im Blick. Er sah sich genau um. Wie frierende Tiere duckten sich die Häuser hinter den Hügel, fand er. Einar zählte ungefähr 30. Manche waren klein und quadratisch, andere sehr lang. Das Stroh der Dächer reichte fast bis auf den Boden. Aus den Dachluken kräuselte sich Rauch.

„Bombastisch fantastisch!", murmelte er tief beeindruckt.

Das Dorf lag direkt am Meer. Die Seeseite wurde von einem Hafen geschützt. Einar konnte zwei, drei Schiffe erkennen. Zwischen den Häusern am Dorfrand waren Wiesen. Hier weideten Schafe und Kühe. Im Kern standen die Häuser jedoch dichter.

„Woher kommst du eigentlich?", fragte er Einar. „Wenn du kein Thing und keinen Blutzweig kennst?"

„Von weit weg", antwortete Einar einfach, obwohl das ja gar nicht stimmte. Sein Fjord war bestimmt hier in der Nähe, keine 50 Kilometer entfernt – nur eben über 1000 Jahre weit weg ... Er zögerte kurz, dann beschloss er aber, Harald einzuweihen. Jedenfalls ein bisschen.

„Ich bin der Assistent, äh, der Schüler eines großen Magiers. Für ihn soll ich hier nach einem Runenstein suchen. Seine beiden Raben helfen mir dabei!"

Harald staunte. „Zwei Raben? Wie bei Odin! Dann muss dein Magier aber sehr mächtig sein!"

Einar nickte. „Das ist er auch. Aber du bist der Einzige, dem ich das erzählen darf. Versprichst du, das Geheimnis für dich zu behalten?", fragte er zaghaft.

Der Wikinger klopfte sich mit der Faust auf die Brust. „Von mir erfährt keiner ein Wort!", polterte er. „Und Runensteine haben wir hier viele!"

„Ich suche einen ganz bestimmten!", erklärte Einar. „Dieser Splitter hier ist herausgebrochen, und die Inschrift ergibt jetzt keinen Sinn mehr!"

Während sie von dem Pfad auf einen Kiesweg

einbogen, zog Einar den Stein aus seinem Beutel. Als hätten sie auf diesen Augenblick gewartet, landeten Hugin und Munin neben ihnen.

Doch Harald sah den Splitter kaum an. „Nein, so einen Stein kenne ich nicht", meinte er knapp.

Einar wunderte sich, warum Harald plötzlich so einsilbig war. Hatte das etwas mit dem Jungen zu tun, der wie aus dem Nichts zwischen den ersten beiden Häusern aufgetaucht war? Er musterte ihn genau. Über einer roten Tunika trug er einen breiten Gürtel, an dem eine Schwertscheide baumelte. Die dazugehörige Waffe hielt er in den Händen. Er betrachtete sie fasziniert, als sähe er sie zum ersten Mal.

Einar hatte richtig vermutet: Harald starrte den Jungen feindselig an.

„Das ist Ingvar, der größte Fiesling hier im Dorf", zischte er Einar zu. „Seit er 14 ist und einen eigenen Blutzweig tragen darf, ist er noch unausstehlicher geworden."

Einar blieb stehen. „Dann lass uns doch einen Umweg gehen", schlug er vor. Doch Harald ging sogar noch schneller.

Hugin krächzte heiser. „Du musst noch viel über den Stolz der Wikinger lernen, Menschlein! Nichts ist schlimmer für sie, als dazustehen wie ein Skräling, wie ein Feigling!"

„Gut zu wissen", murmelte Einar und rannte hinter Harald her. Ein Feigling wollte er auch nicht sein! Kurz bevor die beiden Feinde aufeinandertrafen, hatte er Harald eingeholt.

Ingvar versperrte ihnen breitbeinig den Weg. „Nicht so eilig, Skräling!", schnaufte er verächtlich und spuckte im hohen Bogen aus. „Was will der Fremde im Dorf?"

„Das geht dich gar nichts an, Ingvar!", fauchte Harald zurück. „Gib den Weg frei, oder du landest in den Dornen!"

Ingvar zog die Nase hoch, dann trat er unvermutet gegen Einars Hand. Ein stechender Schmerz durchzuckte Einar. Und was noch schlimmer war: Er ließ Odins Steinsplitter los! Im hohen Bogen sauste der durch die Luft. Einar griff danach, hektisch, mit beiden Händen. Aber Ingvar war schneller. Mit schiefem Grinsen betrachtete er erst Einar, dann den Stein.

„Sieht aus, als hätte dein feiger Freund einen Runenstein zerstört", schnarrte Ingvar. „Das wird dem Runenmeister aber gar nicht gefallen!"

Harald ballte die Fäuste. „Der Stein ist nicht von hier! Und jetzt gib ihn zurück, sonst kannst du meine Fäuste schmecken!"

Ingvar warf den Splitter vor Einar in den Kies. Einar wollte sich auf ihn stürzen, doch Harald hielt ihn davon ab.

„Vor dir kriechen wir nicht im Dreck, Ingvar!", brüllte er.

„Das werden wir ja sehen", antwortete der Junge ruhig. Mit einer plötzlichen Handbewegung legte Ingvar sein Schwert an Einars Kehle.

„Runter mit dir, Fremder! Wird's bald!"

Einar spürte, wie seine Knie butterweich wurden. Wenn ihn Ingvar nicht eisern im Würgegriff gehabt hätte, wäre er vornübergekippt. So blieb ihm nur eine einzige Möglichkeit, sich zu wehren: Er pfiff durch die Zähne.

Odin war schon neugierig schnüffelnd zwischen den ersten Häusern verschwunden. Hoffentlich hörte er Einar jetzt überhaupt!

Da! Wie ein Pfeil schoss Odin hinter einer Mauer hervor. Ein Satz, und er war bei dem Jungen, der sein Herrchen bedrohte. Mit seinen spitzen Zähnen zwickte er ihn in den Arm.

„Au, verflixtes Vieh!", brüllte Ingvar erschrocken. Vor Überraschung ließ er sein Schwert sinken.

Diesen Moment nutzte Harald aus. Er stürzte sich auf ihn und schlug dem Fiesling mit einem geschickten Fausthieb das Schwert aus der Hand.

Einar taumelte zur Seite. Er wischte sich einen Tropfen Blut von der Kehle. Benommen sah er zu, wie die beiden Wikinger miteinander rangen.

„Das hast du nicht umsonst getan, Ingvar!", schimpfte Harald. Mit beiden Händen drückte er den Rothaarigen zu Boden. Aber in diesem Moment bekam Ingvar seine rechte Hand frei.

Ein grober Faustschlag in Haralds Magen verschaffte ihm Luft.

Harald rutschte stöhnend von ihm herunter, konnte Ingvar aber am Fußgelenk festhalten.

„Das üben die jetzt schon, seit sie drei Jahre alt sind!", kommentierte Munin.

Hugin wackelte mit dem Schnabel. „Mein Bruder sagt die Wahrheit! Ringen, Schwertkampf, Wettrennen – alles, was aus Jungen echte Krieger macht!"

Einar hörte kaum zu. Seine Daumen schmerzten schon vor lauter Drücken. Aber es schien sich auszuzahlen. Mit einem Hechtsprung warf sich Harald auf seinen Widersacher, Ingvars Beine knickten ein. Harald wälzte ihn auf den Rücken und drückte ihm die Knie in die Armbeugen.

„Wie ein Käfer liegt er da auf dem Rücken!", krächzte Munin. „Man könnte Appetit bekommen!"

„Hört auf mit dem Quatsch!", zischte Einar. „Das hier ist verdammt ernst!"

Harald gab Ingvar eine schallende Ohrfeige. „Wer ist hier ein Skräling?", rief er triumphierend.

Ingvar verzog das Gesicht. Eine weitere Ohrfeige traf ihn.

„Harald, lass ihn doch!", bat Einar. Für ihn war der Kampf entschieden. Einen Verlierer zu schlagen kam ihm unfair vor. Doch die ungeschriebenen Gesetze der Wikinger schienen anders zu lauten.

Nach der dritten Ohrfeige drückte Ingvar ein „Ich!" zwischen den Zähnen hervor. Harald ließ sofort von ihm ab.

Ingvar rappelte sich auf, spuckte auf den Boden und hob sein Schwert auf. Ohne sich noch einmal umzusehen, rannte er über die Felder davon.

Harald stand auf und klopfte sich die Kleider ab.

„Der will ein Mann sein!", grummelte er.

„Danke, dass du mich verteidigt hast", sagte Einar. „Aber musstest du ihn gleich so demütigen? Diese Schmach wird er nicht auf sich sitzen lassen."

„Ach, was!", antwortete Harald lachend. „Der ist doch schon dran gewöhnt, dass ich stärker bin!"

Wenn er sich da mal nicht irrt, dachte Einar.

Haralds Vater

„Dein Wolfskind ist sehr mutig", lobte Harald, als die beiden Jungen das Dorf betraten. „Welchen Namen hast du ihm gegeben?"

Einar drückte Odin an seine Brust und streichelte ihn. Das Herz des Hundes pochte noch immer ganz wild.

„Ich habe ihn Odin genannt!", antwortete er stolz und setzte ihn wieder auf den Boden. Haralds Bewunderung gefiel ihm!

„Donnerwetter! Das passt!", staunte Harald. „So tapfere Gäste sind hier stets willkommen!" Wie ein Feldherr wies er auf die Häuser vor ihnen.

„Es ist das größte Dorf weit und breit. Über 120 Menschen leben hier und fast 80 Sklaven! Die meisten von ihnen sind jetzt allerdings auf dem Feld. Die Ernte steht kurz bevor."

Neugierig schaute sich Einar alles ganz genau an: Die Häuser aus dicken Holzbalken, die Schafe auf der Weide, den Ochsenkarren, der neben dem Weg aus dicken Holzbohlen abgestellt war.

Plötzlich wankte der Boden. Ein großer, blonder

Wikinger kam ihnen auf dem Holzbalkenweg entgegen. Einar zuckte zusammen. Quer über die Wange des Mannes lief eine wulstige, rosa schimmernde Narbe. An seinem Gürtel baumelte ein Schwert. Zu Einars Erleichterung begrüßte der große Mann Harald freundlich. Im Vorbeigehen ließ er seine Hand auch auf Einars Schulter krachen. Das ist also meine erste Begegnung mit einem richtigen erwachsenen Wikinger, schoss es Einar durch den Kopf. Wildes Kampfgeheul ließ ihn herumfahren. Die zwei Krieger, die dort lärmten, waren glücklicherweise kaum älter als sechs Jahre. Mit Holzschwertern jagten sie sich durch die Wiesen.

„Thormod! Gunnar!", rief ihnen eine helle Frauenstimme hinterher. „Bringt mir Wasser vom Brunnen!" Direkt vor ihnen trat eine wunderschöne Frau aus der Tür. Einar starrte sie mit offenem Mund an. Ihre langen Haare hatte sie mit Lederbändern zu zwei Zöpfen gebunden. Über einem dunkelblauen, bis zum Boden reichenden Leinenkleid, trug sie ein kürzeres hellblaues Gewand mit Trägern. Zwei verzierte Broschen aus Bronze hielten es unterhalb der Schultern zusammen. Aus hellblauen Augen sah sie die beiden Freunde an.

„Mund zu, es zieht!", sagte sie und ging kichernd ins Haus zurück.

Einar spürte, wie ihm das Blut in den Kopf schoss.

„Hey!" Jetzt lachte auch Harald. „Du musst dich nicht schämen. Beim Anblick der schönen Vigtis haben schon kräftigere Krieger weiche Knie bekommen!"

Einar war trotzdem froh, als sie an Haralds Haus ankamen, ohne einem weiteren Menschen begegnet zu sein. Lautes, gleichmäßiges Hämmern drang aus der Hütte.

„Hier ist die Werkstatt meines Vaters", erklärte Harald. „Er ist der Schmied des Dorfes, jeder mag ihn!"

Durch den Krach erschreckt, sprang Odin wieder auf Einars Arm. Einar streichelte ihn, um ihn zu beruhigen.

„Vater? Ich habe einen neuen Freund mitgebracht", rief Harald durch die Türöffnung. „Dürfen wir dich stören?"

„Sicher, Sohn! Kommt herein!", drang eine tiefe, aber nette Stimme nach draußen.

Sofort stieg Harald über die Türschwelle nach innen. Einar folgte zögernd. Große Hitze schlug ihm entgegen.

Hinter einem Amboss stand ein riesiger blonder Mann mit einem ebenso blonden Vollbart. Zum Schutz vor den Flammen seines Ofens hatte er sich eine Schürze aus speckigem Leder umgebunden. Seine Arme waren nackt. Einar schluckte bei ihrem Anblick. Sie waren von unzähligen Brandnarben übersät.

Als ihm Haralds Vater seine schwielige Hand entgegenstreckte, wurde Einar etwas flau im Magen.

„Ich bin Jörgen, Sohn von Harald und Vater von Harald!", sagte der Schmied freundlich.

Einar blickte verwirrt zu seinem Freund hinüber.

„Lass dich nicht verwirren", sagte Harald grinsend. „Ich bin nach meinem Großvater benannt worden!"

Einar verstand. „Ich bin Einar, Sohn von Olav!", antwortete er. „Vater bin ich noch nicht!"

Jörgen lachte schallend. Einar fühlte sich gleich besser.

„Und sein Wolfskind heißt Odin!", plapperte Harald dazwischen. „Er hat Ingvar gebissen!"

Jörgen nickte anerkennend und streichelte Odin zärtlich. Der Hund verschwand beinahe in der riesigen Pranke.

„Ich hoffe, du hast dir an dem Mistkerl nicht den Magen verdorben, kleiner Odin!", sagte er lachend.

Einar mochte Jörgens freche, lustige Art immer mehr. Bestimmt kann er mir bei der Suche nach dem Runenstein helfen, dachte er. Doch gerade, als er danach fragen wollte, fuhr Jörgen herum.

„Wartet, ich habe noch etwas für euch!", sagte er begeistert. „Das müsst ihr sehen!"

Aus einer Truhe zog er ein blitzendes Schwert.

„Fast fertig! Ein fabelhafter neuer Kampfsturmfisch!"

„Ich dachte, es heißt Blutzweig?", wunderte sich Einar.

„Richtig!" Harald nickte. „Oder Schildtroll, Mühlsteinbeißer, Kampfsturmfisch – wir Wikinger spielen gerne mit Worten. Pfeil klingt so langweilig, wir nennen ihn Wundenbiene!"

Einar betrachtete das blanke Schwert, das Jörgen voller Stolz auf einen schartigen Holztisch legte. Um den Griff wanden sich zwei goldene Bänder und

verzweigten sich in regelmäßige Muster. Einar konnte kaum glauben, dass dieses Kunstwerk unter Jörgens groben Schmiedewerkzeugen entstanden sein sollte.

„Thor persönlich muss meinen Hammer geführt haben!", stellte auch Jörgen zufrieden fest.

„Ist es ... für mich?", fragte Harald zögerlich.

„Nein, mein Sohn. Nur Männer tragen Kampfsturmfische. Dieses Stück hier hat der Rote Erik in Auftrag gegeben. Wie es aussieht, wird er uns nach dem Thing verlassen!"

Beleidigt wandte Harald sich ab. „Das ist ungerecht. Alle dürfen Schwerter haben. Sogar Ingvar, dieser Skräling. Nur ich – ich nicht!" Wütend schlug er mit der Faust auf eine flache Kiste. Doch kaum hatte er sie berührt, als Jörgens Streitaxt quer durch die Werkstatt sauste. Krachend drang die Klinge in den Holzdeckel, nur Millimeter von Haralds Fingern entfernt.

„Niemals rührst du diese Truhe an, Sohn!", fauchte er. Dann entspannten sich seine Gesichtszüge wieder. „Und jetzt lasst uns essen. Gudrun rührt genauso kunstvoll den Löffel wie ich den Hammer schwinge!" Er lachte schallend. Den Zwischenfall mit der Truhe schien er schon wieder vergessen zu haben.

Odins Stein ist magisch

Das Haus von Haralds Eltern war direkt an die Werkstatt angebaut. Auf dem kleinen Hof musste sich Einar an einem Holzgestell vorbeidrücken. Ausgeweidete Fische hingen hier zum Trocknen. Schellfisch, schätzte Einar.

Vor dem Eingang des Hauses hing eine dicke Filzdecke, die vermutlich Wind und Kälte abhalten sollte. Harald schob sie zur Seite und zog Einar ins Innere. Beißender Qualm schlug ihm entgegen. Sofort schossen Einar die Tränen in die Augen. Wie zu Hause, wenn das Ofenrohr verstopft war. Er wusste, was dagegen half: Blinzeln.

Als er die Augen endlich ohne Schmerzen aufhalten konnte, sah er durch den Rauch eine rot gekleidete Frau mitten im Raum stehen. Mit einem langen Stab stocherte sie in der Glut einer Feuerstelle. Daher kam also der Qualm! Über dem Feuer baumelte ein bauchiger Kupferkessel. Neugierig blickte Einar um sich. An der Rückwand des Hauses entdeckte er ein Lager mit einer breiten Felldecke. Drei kleine Mädchen spielten darauf.

„Das sind meine Schwestern Brunhilde, Thorve und Stine", erklärte Harald. Einar nickte ihnen freundlich zu. Aber warum war es hier so dunkel? Jetzt erst fiel ihm auf, dass es außer der verhängten Tür keine Öffnung in den Wänden gab.

„Habt ihr gar keine Fenster?", fragte er verblüfft. „Löcher in den Wänden, zum Herausschauen?"

„Nein, wozu soll das gut sein?", wunderte sich Harald. Er griff sich einen Apfel und biss schmatzend hinein. „Dann zieht doch die ganze Wärme nach draußen! Komm, du musst meine Mutter kennenlernen!"

Harald griff Einars Hand und zog ihn zum Herd.

„Mama, das ist Einar, Olavs Sohn!", sagte er. Gudrun wischte sich die rußigen Finger an ihrer Schürze ab.

„Willkommen, Einar, Sohn des Olav. Woher kommst du?" Einar wusste nicht, was er sagen sollte.

„Ich komme von weither und will noch weiter in den Norden", begann er unsicher.

Harald zwinkerte ihm verschwörerisch zu. „Seine Eltern möchten, dass er auf dem Hof seines Onkels arbeiten lernt!"

Jörgen nickte anerkennend. „Deine Eltern sind weise Menschen, Einar!", lobte er. „Harald wird auch in die Fremde gehen, sobald er ein Mann ist. Am liebsten wäre Gudrun und mir, er würde mit einem Schiff auf Erkundungsfahrt gehen!"

Haralds Augen blitzten stolz auf. Einar freute sich für ihn. Auf Erkundungsfahrt gehen, das klang toll!

„Aber nun habe ich Hunger!", polterte Jörgen. „Was ist in deinem Topf, Gudrun?"

Statt zu antworten, zog Haralds Mutter ihren Löffel durch den Kessel und hielt ihn ihrem Mann unter die Nase.

Genießerisch sog Jörgen den Duft ein. „Mmmmh! Kohl mit Zwiebeln! Und dazu einen Schluck Met von Haralds Bienen!"

Er öffnete ein kleines Holzfass und tunkte seinen Krug hinein. „Der beste Honigwein des Dorfes – nur für Männer!"

„Ja, ja!", knurrte Harald genervt. „Langsam wissen wir, dass ich für euch immer noch ein Kind bin!"

Unvermittelt musste Einar grinsen. Jörgen konnte es nicht lassen, seinen Sohn aufzuziehen. Und Harald fiel immer wieder darauf herein!

Einar setzte sich neben Harald auf eine rohe Holzbank. Stine, die älteste Schwester, rückte an ihn heran. Brunhilde und die kleine Thorve nahmen gegenüber Platz. Fröhlich warfen sie Odin einen Knochen hin. Gudrun füllte sieben Schalen mit Gemüse, Jörgen holte mit bloßen Händen einen dampfenden Fisch aus der Glut. Feuer schien ihm nach Jahrzehnten in der Schmiede nichts mehr anhaben zu können. Als alles auf dem Tisch stand, knurrte Haralds Magen unüberhörbar.

„Entschuldigung!", sagte er mit schiefem Grinsen. „Aber es duftet einfach zu gut!"

„Ein schöneres Kompliment gibt es für eine Köchin nicht", gab ihm Gudrun lachend zurück. „Fangt an!"

Einar nickte dankbar – aber wo war das Besteck? Er wollte keinen Fehler machen und beobachtete Haralds Vater.

Jörgen nahm den Fisch, brach große Stücke ab und verteilte sie. Alle nahmen ihr Essen einfach in die Hand und bissen ab. So ging das also! Jetzt griff Einar zu. Es schmeckte alles köstlich!

„Einar sucht einen zerstörten Runenstein, Vater", erzählte Harald schmatzend. „Kennst du ihn?"

Der Schmied stopfte sich eine Handvoll Gemüse in den Mund. Als Einar den Steinsplitter auf den Tisch legte, schüttelte er den Kopf.

Einar seufzte entmutigt. Wieder nichts! Trotzdem wollte er die Hoffnung nicht aufgeben. Wie er es bei Gudrun beobachtet hatte, wischte er sich den Mund an seinem Ärmel ab.

„Es ist ein besonderer Stein", erklärte er. „Seine Inschrift ist das Loblied auf den tapferen Smigur."

Entgeistert ließ Jörgen sein Brot sinken. „Sagtest du Smigur?"

Einar nickte.

„Ja, den kenne ich tatsächlich!" Jörgen schüttelte ungläubig den Kopf. „Ich habe den Namen lange nicht mehr gehört. Als kleiner Junge hat mich mein Vater immer zu einem solchen Stein mitgenommen und mir das Lied vorgesungen."

Einar jubelte innerlich. Immerhin, er hatte eine Spur!

Harald starrte seinen Vater mit großen Augen an. Auch er war jetzt offenbar vom Schatzsucherfieber gepackt. „Erzähl weiter, Vater!", bat er.

Jörgen nahm den Splitter in die Hand und betrachtete ihn genauer. „Seltsam. Dem Stein fehlte in der Tat ein faustgroßes Stück wie dieses hier. Vater Harald hat mir die Stelle immer aus dem Kopf nacherzählt, so wie er sie auf dem Mittsommerfest gehört hat. Manchmal, wenn der volle Mond am Himmel stand, sind wir zu dem Stein gegangen. Vater sagte, das Loblied auf den tapferen Smigur sei schon uralt. Mit seiner Hilfe könne man Odin milde stimmen." Wieder schüttelte er den Kopf. „Nach einem furchtbaren Unwetter war der Stein auf einmal verschwunden. Seltsam, wie konnte ich das nur vergessen?"

Vergessen? Einar spürte seine Hoffnung wieder schwinden. „Hast du ihn nie gesucht?", fragte er aufgeregt nach.

Jörgen schüttelte den Kopf. „Vater sagte, Odin selbst habe ihn verschwinden lassen!"

„Das weiß ich besser!", platzte es aus Einar heraus. „Odin würde den Stein sogar sehr gerne wiedersehen!"

Harald fuhr herum. „Woher willst du das wissen?"

Einar spürte, wie ihm das Blut in den Kopf schoss. Hatte er den Glauben von Haralds Familie beleidigt?

„Odin ... hat mir einen Traum geschickt!", antwortete er hastig. Erleichtert sah er, wie sich die Züge von Jörgen und Harald wieder entspannten.

„Ja, das macht er oft", murmelte Jörgen. Dann schloss er konzentriert die Augen. Auch Gudrun sah ihn gespannt an.

„Nein, tut mir leid! Ich sehe nur eine Wegkreuzung vor der Stadt. Mehr weiß ich nicht mehr..."

„Schade", murmelte Harald.

In die Stille hinein sprang Odin plötzlich auf und rannte bellend zur Tür.

„Odin? Was ist los?", rief Einar. So ungezogen benahm sich sein Hund zu Hause nie! Beschämt rutschte er von der Bank und lief ihm hinterher. Odin knurrte aufgeregt den Vorhang an.

Rasch schob Einar die Decke zur Seite. Ein kurzer Blick genügte. Jetzt wusste er, warum Odin so unruhig war: Hinter dem Nachbarhaus verschwand eine Gestalt. An den roten Haaren hatte Einar den Eindringling trotzdem erkannt.

„Das war Ingvar!", rief er entsetzt. „Er hat gelauscht!"

Harald schlug mit der flachen Hand auf den Tisch. „Das sieht diesem Skräling ähnlich! Drückt sich um die Häuser herum wie ein räudiger Fuchs!"

Auch Jörgens gute Laune war auf einen Schlag verflogen. „Gut, dass wir nicht über das Thing geredet haben", knurrte er und stand auf. Der Schmied leerte seinen Humpen in einem Zug. Grußlos stapfte er zur Tür hinaus.

Verwirrt kehrte Einar an den Tisch zurück. „Was hat er denn plötzlich?", wollte er wissen. Harald wich seinem Blick aus, aber Gudrun nickte ihrem Sohn aufmunternd zu. Harald seufzte.

„Ich habe dir etwas verschwiegen, Einar. Mein Vater steckt in großen Schwierigkeiten!"

Menschen und Götter

Schwierigkeiten? Einar war überrascht. Welche Schwierigkeiten konnte ein so kräftiger Wikinger wie Jörgen wohl haben? Geldnot? Eine schwere Krankheit?

Doch statt zu antworten, zog Harald ihn am Ärmel seines Umhangs nach draußen.

„Danke für das Essen!", rief Einar hastig zu Gudrun zurück. „Es war bombastisch fantastisch!" Die eben noch so fröhliche Frau lächelte ihm traurig zu.

„Jetzt sag endlich, was los ist!", bohrte Einar.

Harald trat wütend gegen die Hauswand. „Ingvar ist schuld und sein Meister Bjarne", giftete er. „Sie haben Gudruns schönste Brosche gestohlen. Schon die Mutter ihrer Mutter hat sie getragen. Keiner hat die Diebe gesehen, aber wir wissen einfach, dass die zwei es waren!"

Einar schüttelte verwundert den Kopf.

„Und wo ist dann Jörgens Problem?", fragte er nach.

Harald sah geknickt zu Boden. „Mein Vater war unklug", gestand er ein. „Voller Wut ist er direkt zu

Bjarne gerannt und hat ihn geohrfeigt. Mitten auf dem Fest unseres Sippenführers! Bjarne hat alles abgestritten und wurde furchtbar zornig. Er sagt, mein Vater habe seine Ehre verletzt. Pah – der und Ehre! Aber morgen will er meinen Vater wegen seiner verletzten Ehre vor dem Thing anklagen."

Das war es also! Nach allem, was Einar über das Thing und die Strafen wusste, verstand er Jörgens Sorgen nur zu gut. „Wird er dann für friedlos erklärt wie der Rote Erik?"

Harald lachte bitter. „Ich hoffe, die Richter glauben ihm. Aber wie ich Bjarne kenne, hat er morgen eine Schlange unter dem Helm sitzen."

Zwei flatternde Schatten an der Häuserwand verjagten die finsteren Gedanken. Schmunzelnd musste Einar sich eingestehen, dass er die beiden Raben bereits vermisst hatte. Hugin und Munin landeten krächzend auf dem Fischgestell. Odin begrüßte sie mit einem freundlichen Kläffen.

„Untersteht euch, davon zu fressen!", warnte sie Harald halb ernst. „Sonst haben wir im Winter nichts zu beißen!"

„Nahrungsaufnahme ist nicht unser Ansinnen, Menschlein!", krächzte Hugin beleidigt. „Wir wollen wissen, ob ihr schon etwas über den Stein herausgefunden habt!"

Harald grinste die Raben an, und Einar war froh, dass die Vögel seinen Freund von den Sorgen ablenkten.

„Gefunden haben wir ihn noch nicht", berichtete Harald ehrlich. „Aber mein Vater kann sich an das Loblied erinnern. Der Stein muss irgendwo vor dem Dorf verschüttet worden sein. Großvater Harald ist früher manchmal mit ihm hingelaufen!"

„Ich hab's!", rief Einar plötzlich. Die Lösung lag doch auf der Hand! „Wir fragen den alten Harald!"

Der Wikingerjunge schüttelte den Kopf. „Er ist in Walhalla. Wir sind sehr stolz auf ihn!"

„Mist!" Einar schlug mit der Faust in die flache Hand. „Dann haben wir wohl keine Chance, den Stein zu finden?"

„Warum nicht?", widersprach ihm Harald. „Mein Vater hat doch gesagt, wo er stand: An einer Wegkreuzung. Es gibt hier nur drei Stellen, an denen sich große Wege vorm Dorf kreuzen. Die klappern wir einfach nacheinander ab. Mir nach!"

Ungeduldig schlängelten sich die Jungen zwischen zwei kleinen Mädchen hindurch, die auf dem Holzweg mit Stoffpuppen spielten. Odin folgte ihnen schwanzwedelnd. Auch er schien plötzlich in Schatzsucherstimmung zu sein.

Hinter dem Dorf schlugen sie die entgegengesetzte Richtung ein. Weg vom Meer. Unterwegs kamen ihnen immer wieder Wikinger entgegen. Manche hatten einen Pflug geschultert, andere einen Korb voll Gemüse. Einar zuckte bei ihrem Anblick noch immer zusammen. Es wird wohl noch eine Weile dauern, bis ich mich an die bärtigen Riesen gewöhnt habe, dachte er belustigt.

„Wo liegt denn Walhalla?", fragte Einar in die Stille.

Harald blieb stehen. Mit großen Augen sah er Einar an. Dann brach er in schallendes Gelächter aus.

„Da, wo du herkommst, seid ihr wohl schon lange Christen, was?", wunderte er sich. „Walhalla ist kein Dorf! Es ist der Ort, an den die Krieger kommen, die im Kampf sterben."

Harald zeigte auf einen mannshohen Stein. „Da ist die erste Kreuzung, komm!", forderte er Einar auf und zog ihn mit sich.

Vor dem Findling blieben sie stehen. Staunend glitten Einars Augen darüber. Er konnte sich kaum sattsehen. Der Steinmetz hatte ein wahres Kunstwerk geschaffen. Der Stein war über und über mit Zeichnungen versehen, um seinen Rand schlängelten sich Runen.

„Unser Götterstein", erklärte Harald. „Scheint, als

sei er extra für Unwissende wie dich hier aufgestellt worden."

Er fuhr mit der Hand über die raue Oberfläche. Bei einer Gestalt, die die anderen um zwei Köpfe überragte, hielt er an.

„Das ist der Urriese Ymir", begann Harald. „Er erstand, als sich Gletschereis und Feuer vermischten. Aus seinem Schweiß, den er im Schlaf verlor, wurden die ersten Riesen. Deren Urenkel waren die

Götter Ve, Vili und Odin. Sie töteten Ymir und bauten aus seinem Körper die Welt. Sein Schädel wurde das Himmelszelt, sein Fleisch die Länder, sein Blut das Wasser. Schließlich hauchten sie zwei Baumstämmen Leben ein – das erste Menschenpaar war geboren. Soweit noch alles klar?"

Einar schwirrte der Kopf von all den Namen, aber er glaubte zu verstehen. Er nickte.

Haralds Hand zog weiter, zu einem bärtigen Mann mit nur einem Auge. Auf seiner Schulter saßen zwei Raben.

„Das ist Odin, nicht wahr?", vergewisserte sich Einar.

Harald nickte. „Genau! Odin, der Vorsitzende im Götterrat. Sein linkes Auge hat er geopfert, um einen Blick in den Quell der Weisheit zu werfen. Seitdem weiß er fast alles. Und das hier ist Thor!"

Harald zeigte auf einen Mann in einem Streitwagen, der einen riesigen Hammer schwang. Zwei Ziegenböcke zogen den Wagen.

„Mit Loki und Tyr, Freyr und Ägir wohnen sie alle in Asgard, dem Sitz der Götter. Dort werden auch die getöteten Helden aufgenommen, wie mein Großvater Harald. Odin sammelt sie um sich, denn am Tag des Weltuntergangs, dem Ragnarök, sollen sie ihm helfen. Sie werden gegen die rachsüchtigen Riesen kämpfen – und verlieren. So will es unser Schicksal!"

Beeindruckt starrte Einar den Stein an. „Und das steht alles da in diesen Strichen?", fragte er.

„Ja", antwortete Harald und machte plötzlich kehrt. „Aber jetzt müssen wir weitersuchen. Hier ist dein Runenstein ja wohl nicht. Lass uns zur nächsten Kreuzung laufen. Komm! Es ist nicht mehr weit!"

Der Heilige Hain

Einar und Harald stapften an den Roggenfeldern des Dorfes entlang auf einen kleinen Wald zu. Aus einer dichten Decke von Farnen ragten etwa 30 Birken in den wolkenlosen Himmel. Die Sonne schien, aber trotzdem wirkten sie auf Einar irgendwie bedrohlich. Auch Harald lief jetzt viel langsamer. Einar blieb stehen. Wieso beschlich ihn plötzlich so eine seltsame Unruhe? Auf keinen Fall wollte er den Wald vor Harald betreten.

Als sie in den Schatten der Bäume eintauchten, wehte ihnen ein kalter Windhauch entgegen. Die Luft roch nach Moos und vermoderndem Holz. Einar fühlte, wie sich die feinen Härchen auf seinen Armen aufrichteten. Die Unruhe wich dem beklemmenden Gefühl unbestimmter Angst. Einar musste sich zwingen, ruhig weiterzugehen. Es gibt keinen Grund, ängstlich zu sein, sagte er sich. Die Bäume sehen nicht anders aus als alle anderen auch. Odin winselte. Also spürte auch sein Freund diese Gefahr, die von den Birken ausging. Was war hier los? Am liebsten wäre Einar sofort umgekehrt.

Die Schatten der Blätter warfen gespenstische Muster auf den Waldboden. Mit jedem Schritt wurde es Einar mulmiger.

„Harald!", raunte er. „Irgendetwas stimmt hier nicht!"

Jetzt blieb auch Harald stehen. Er schluckte hörbar. „Es ist nichts", flüsterte der Wikingerjunge. Doch seine Worte klangen alles andere als beruhigend. „Ich gehe oft hierher. Als Mutprobe. Aber die Toten flüstern gar nicht, es ist bloß der Wind!"

Einars Herz klopfte bis zum Hals.

„Die Toten?", stammelte er leise. „Welche Toten?"

„Die da!"

Einar wollte lieber nicht wissen, worauf Harald da deutete. Er ahnte, dass es nichts Gutes war. Schließlich siegte seine Neugier über die Angst. Langsam hob Einar den Kopf. Sofort wünschte er, er hätte es nicht getan. Was er sah, ließ ihm das Blut in den Adern gefrieren: In den Ästen der höchsten Birke baumelten drei menschliche Skelette!

Einar wollte laut aufschreien, doch die Angst schnürte ihm die Kehle zu. Als sich Odin an ihn schmiegte, zuckte er zusammen. Erst das vertraute Fiepen brachte ihn wieder etwas zur Besinnung. Einar fiel auf die Knie und zog seinen Hund an sich. Das Gefühl des weichen Fells zwischen den Fingern gab ihm Sicherheit zurück. Doch seine Augen konnte er noch immer nicht von der Birke losreißen. Die Knochen baumelten im Wind hin und her. Die Totenköpfe schienen Einar aus ihren hohlen Augen anzustarren.

„Ich will hier weg!", würgte er hervor. „Bitte, Harald!"

Der Wikingerjunge sank neben Einar ins feuchte Laub. Einar sah in sein kreidebleiches Gesicht.

„Es ist nichts", wiederholte Harald mit zitternder Stimme. „Diese Männer sind tot. Sie können uns nichts mehr tun. Unser Sippenführer hat sie Thor geopfert, und er hat sie angenommen. Nur ihre kalten Knochen sind noch da."

Einar schluckte. „Trotzdem ... ihre Angst und ihre Qualen sind irgendwie noch immer im Wald!"

„Ich weiß, wie du dich fühlst!", sagte Harald. Einar spürte die Finger seines Freundes an seiner Wange. „Als ich das erste Mal hier war, dachte ich, die fremden Krieger würden heruntersteigen und mich in die Blutbirke hängen."

Er stand auf und hielt Einar seine Hand hin. Aber Einar wollte sich nicht hochziehen lassen.

„Wir haben den Heiligen Hain fast durchquert. Dann können wir die Wegkreuzung schon sehen!"

„Ich glaub, ich kann mich nicht bewegen!", antwortete Einar schwach. Er war sicher, dass seine Beine bei der kleinsten Bewegung einknicken würden. Die Männer in der Birke mussten ihn verhext haben.

„Doch, du kannst! Du bist stark!", redete ihm Harald zu.

Wackelig stand Einar auf. Odin drückte sich an sein Knie.

„Lass uns rennen, ja?", schlug Harald vor. Er legte seinen Arm um Einar. Die Umarmung des Freundes tat Einar gut. Widerwillig drehte er den Skeletten den Rücken zu und begann zu rennen. Die Kraft kehrte nur langsam in seinen Körper zurück. Ihm war, als bohrten sich die Blicke der Toten geradezu in seinen Nacken und lähmten ihn. Willenlos ließ er sich von Harald mitziehen.

Erst als sie den Hain weit hinter sich gelassen hatten, traute er sich, Harald loszulassen.

„Wo ist Odin?", keuchte er erschöpft.

„Direkt hinter dir. Es ist alles gut!", versicherte ihm Harald.

Da kam Odin schon angesprungen. Er schüttelte sich, als ob er Regentropfen aus seinem Fell loswerden müsste.

Wie ein nasser Sack fiel der Schrecken von Einar ab. „Mann, das war ganz schön gruselig!", sagte er und atmete tief durch. „Aber gut zu wissen, dass du auch manchmal Angst hast. Für mich bist du deshalb noch lange kein Skräling!"

Harald grinste verschämt. „Ein Wikinger darf ruhig Angst haben", murmelte er. „Aber zeigen darf er sie nie!"

„Ich werde versuchen, mich daran zu halten", meinte Einar und grinste breit. „Zurück gehen wir trotzdem einen anderen Weg, ja?"

Harald nickte. „Abgemacht! Aber jetzt musst du wieder an deinen Stein denken. Die Kreuzung ist gleich da vorne!"

Langsam schlenderten sie auf dem Feldweg weiter. Der Boden knirschte vertraut unter Einars Füßen. Nie hätte er geglaubt, dass er sich über so ein kleines Geräusch einmal freuen würde!

Plötzlich schlug Odin an. Er streckte seine Schnauze in die Luft und schnüffelte aufgeregt.

„Stopp!", warnte Einar. „Wenn es hier noch mehr Tote gibt, solltest du es mir jetzt sagen!"

Harald schüttelte unschuldig den Kopf. „Nein. Soooo blutrünstig sind wir Wikinger nun auch wieder nicht!"

Odin blieb unruhig. „Irgendwas stimmt hier nicht. Ich kenne Odin, er gibt nie falschen Alarm. Wo, sagst du, ist die Stelle?"

Harald zeigte den Weg entlang. „Gleich hinter dem Dornengestrüpp."

„Dann schleichen wir uns besser an", beschloss Einar.

Geduckt huschten sie zu dem Gestrüpp. Vorsichtig bog Einar die stacheligen Äste zur Seite. Er zuckte zusammen.

„Verdammt!", fluchte er. „Da ist Ingvar!"

Schadenfreude

Es gab keinen Zweifel: Ingvar suchte den Runenstein! Kaum zehn Meter entfernt durchwühlte er mit einer Mistgabel die Erde. Ein erwachsener Mann war bei ihm. Immer wieder schlug seine schwere Hacke in den Boden und riss tiefer Löcher.

„Auch das noch!", schimpfte Harald leise. Er hatte sichtlich Probleme, sich im Zaum zu halten. „Das ist Bjarne, dieser miese Verbrecher! Der verfolgt meine Familie wohl auf Schritt und Tritt!"

Einar war erschüttert. Die beiden Wikinger waren ihnen zuvorgekommen. Aber was wollten sie bloß mit dem Stein?

Ein Geräusch hinter ihm ließ Einar zusammenzucken – Hugin und Munin, seine Freunde!

Raschelnd landeten die beiden Raben neben den Jungen.

Hugin starrte in Richtung der grabenden Wikinger und schwieg. Munin jedoch begann, leise zu kichern.

„Hihi. Grabt nur, grabt, ihr Dösköppe!", krächzte er.

Einar fuhr herum. „Spinnst du?", fauchte er den Raben an. Es klang heftiger, als er eigentlich wollte. „Sollen die beiden Fieslinge Odins Stein etwa vor uns finden?"

Munin kratzte sich mit dem Schnabel das struppige Gefieder. „Natürlich nicht! Nur gut, dass sie hier graben! An der falschen Kreuzung. Soweit ich mich erinnere, stand der Stein nicht im Osten der Stadt, sondern im Süden! Hihi!"

Einar sprang auf. „Und das sagst du erst jetzt?"

Auch Harald war sauer. „Wir begeben uns hier völlig umsonst in Gefahr, und du weißt es?", grummelte er.

Munin starrte die beiden entgeistert an. „Gut! Dann schweige ich von nun an eben!", krächzte er beleidigt und hüpfte den Hügel hinab.

Einar und Harald schlichen ihm geduckt nach. Immer wieder drehte sich Einar um. Er wollte sichergehen, dass die beiden Männer sie nicht doch bemerkten. Erst als sie außer Hörweite waren, fiel die Anspannung von ihm ab.

„Entschuldigung, Munin!", sagte er. „Ich wollte dich nicht so anblaffen."

Munin legte den Kopf schief. „Nein, entschuldige du, Einar!", krächzte er. „Ich bin nun einmal nur ein kleiner, dummer Vogel!"

Einar war sofort klar: Der Rabe brauchte ein paar Schmeicheleien. „Unsinn, Munin!", flötete er und strich ihm liebevoll über die Federn. „Ohne deine Ratschläge könnten wir doch gleich aufgeben!"

Munins Augen blitzten wieder auf. „Echt?"

„Klar!", bestätigte auch Harald.

Munin schwoll sichtbar die Brust. „Hast du das gehört, Hugin! Ich bin der wichtigste Vogel der ganzen Wikingerzeit!"

Hugin rollte genervt mit den Augen. „Verstehst du nicht, Munin? Die Menschlein machen sich über dich lustig!"

„Stimmt das?", hakte Munin vorsichtig nach.

Als hätten sie sich abgesprochen, schüttelten Harald und Einar gleichzeitig den Kopf.

„Natürlich nicht!", lenkte Einar ein. „Ehrenwort! Zeig uns bitte, wo der Stein vergraben liegt!"

Sofort stieß sich der Rabe vom Boden ab. „Klar, los! Folgt mir!", krächzte er.

„Aber denk dran, dass Menschlein und Hunde nicht fliegen können!", rief ihm Einar nach.

„Ihr seid eben leider nicht so vollkommene Geschöpfe wie wir!", krächzte Hugin hochnäsig und flog Munin nach.

Einar und Harald rannten sofort los. Den ganzen Weg bis zur Kreuzung im Osten hüpften und sprangen sie übermütig hin und her. Odin glaubte wohl, das sei ein neues Spiel. Freudig kläffend jagte er immer wieder zwischen den Beinen der beiden Jungen hindurch. Sogar Hugin und Munin, die hoch über ihren Köpfen flogen, wirkten irgendwie fröhlicher als noch vor einer halben Stunde.

Einige Sklaven, die mit einer Sichel reife Ähren schnitten, sahen ihnen verwundert hinterher.

„Ich würde zu gerne Ingvars dummes Gesicht sehen, wenn er heute Abend mit der Plackerei aufhört!", feixte Harald.

Bei dem Gedanken, wie Ingvar die Hacke wütend ins Korn schmiss, musste auch Einar laut auflachen. „Wieso heute Abend erst?", rief er grinsend. „Sicher hat er jetzt schon dicke Blasen an den Händen!"

Es machte Einar Spaß, sich ihren kleinen Sieg über Bjarne und Ingvar in den buntesten Farben auszumalen.

Als ihm langsam die Puste ausging, blieb er keuchend stehen. Seine Lungen rasselten bei jedem Atemzug. Er steckte sich Finger und Daumen in den Mund und brachte mühsam einen gellenden Pfiff zustande.

„Hugin, Munin! Etwas langsamer, bitte!", rief er den beiden Raben zu. „Sonst habe ich keine Kraft mehr, das Loblied abzuschreiben!"

Krächzend kreisten die Raben über ihren Köpfen.

„Wahrscheinlich schimpft Hugin wieder über uns Menschlein", vermutete Einar. Er hatte die Macken der beiden Vögel längst lieb gewonnen.

Was wollten Bjarne und Ingvar bloß mit dem Stein?, schoss es ihm wieder durch den Kopf.

„Wer ist dieser Bjarne eigentlich?", erkundigte er sich, während sie langsam weitergingen.

„Tsssä!" Harald machte ein Gesicht, als hätte er in eine überreife Zitrone gebissen. „Eigentlich ist er ein Zimmermann. Aber niemand hat ihn je arbeiten sehen. Seine Faulheit beleidigt nicht nur die Götter." Angewidert spuckte Harald aus. „Odin hat ihm zwei Hände gegeben. Warum benutzt er sie nicht?"

„Hände benutzen? Eine gute Idee!", krächzte Munin. Etwas holprig landete er direkt vor ihnen auf einer Wegkreuzung. „Wir sind nämlich da!"

Mit dem Schnabel begann er sofort, in einem moosüberzogenen Geröllhaufen am Wegesrand herumzustochern. Hugin scharrte flüchtig mit den Krallen über ein Grasstück. Für richtige Arbeit war er sich offenbar zu fein.

„Und wo ist nun der Runenstein?", wollte Einar wissen. Er sah nichts als Acker und Geröll.

Munin rollte belustigt mit den Augen. „Wo soll er schon sein, Einar? Genau hier unter mir!"

Ein Geständnis

Auf einmal war es da! Das einzigartige Glücksgefühl, das echte Schatzsucher beim Anblick einer verknitterten Schatzkarte durchfließen musste!

Einar spürte ein Kribbeln vom großen Zeh bis in die Haarspitzen. Sie waren kurz davor, den Stein zu finden! Er würde Odin nicht enttäuschen.

„Komm!", rief er zu Harald hinüber. „Das haben wir gleich!"

Er kletterte auf den Geröllhaufen und umgriff einen schweren, mit haarigem Moos bewachsenen Stein. Ächzend begann er zu ziehen. Harald sprang ihm zu Hilfe und drückte von der anderen Seite. Endlich kam der Stein ins Rutschen. Er riss ein großes Moospolster mit sich. Zum Vorschein kam eine Menge anderer Steine. Langsam ahnte Einar, dass die Arbeit doch nicht so leicht werden würde. Doch mit dem Runenstein vor Augen spürte er das Gewicht der Brocken kaum, die sie nacheinander an die Seite rollten. Oder lag es an ihren Helfern? Odin stupste mit der Schnauze kleine Steine und Grasbüschel auf die Wiese. Selbst Hugin schien jetzt Spaß an der Suche bekommen zu haben. Mit seinem Schnabel pickte er fleißig Kiesel um Kiesel auf und ließ sie über dem Feld fallen.

Und dann – plötzlich – stießen die Jungen auf eine massive Platte. Harald entdeckte das eingeritzte Zeichen als Erster.

„Der Runenstein!", rief er begeistert. Seine Wangen glühten vor Eifer.

Rasch rollte er die letzten Steine beiseite.

Er riss eine Handvoll Grashalme aus und fegte damit über die glatte Fläche. Staunend sah Einar, wie ein Zeichen nach dem anderen unter dem Schmutz hervorkam. Gerade und zackige Linien, wie auf seinem Splitter.

Aufgeregt kramte er den Splitter aus seiner Leinentasche. „Sieh nach, ob du die abgebrochene Stelle findest!"

Eifrig wischte Harald weiter. „Hier!", rief er plötzlich. „Hier fehlt eine Ecke!"

Einar spürte den Splitter in seinen schwitzigen Handflächen. Hoffentlich … Mit zittrigen Fingern legte er ihn in das Loch der Platte. Wie ein Schlüssel im Schloss rastete er ein.

„Er passt! Er passt", jubelte Einar begeistert. „Bombastisch fantastisch!"

Harald fiel ihm um den Hals. „Du hast es geschafft!", jauchzte er.

Einar schüttelte den Kopf. „Nein, wir haben es geschafft. Wir fünf zusammen!"

Überglücklich grinsten sie sich an. Odin kläffte fröhlich. Es war ein tolles Gefühl!

„Jetzt will ich aber endlich wissen, was da draufsteht!", sagte Einar. „Was hat dieser Smigur genau gemacht, Harald?"

Augenblicklich senkte Harald den Kopf. „Weiß nicht!", murmelte er geknickt. „Ich kann keine Runen lesen!" Verlegen hockte er sich ins Gras.

„Du kannst nicht lesen?", wunderte sich Einar. „Gehst du denn nicht in die Schule?"

„Schule? Was ist das?", wollte Harald wissen.

„Jetzt veräppelst du mich aber", glaubte Einar. „Alle Kinder gehen doch in die Schule. Dort erklärt ihnen ein Lehrer, wie man zählt und liest und schreibt!"

Harald schüttelte den Kopf. „So was gibt's bei uns nicht. Nur die reichsten Männer aus dem Dorf können einen Lehrer bezahlen. Alle paar Monde kommt einer vorbeigewandert. Dann gibt er ihren Kindern Unterricht. So viel Geld hat mein Vater aber nicht."

Einar hörte erstaunt zu. Wie oft hatte er die Schule schon verflucht, wenn er eine Klassenarbeit verhauen hatte. Nun kam sie ihm ziemlich wertvoll vor.

„Aber wenn hier niemand lesen kann, dann brauchst du dich doch auch nicht zu schämen!" Einar legte den Arm um Harald.

„Ich würd's aber gerne können!", antwortete er traurig.

Hugin stakste schon eine Weile vor den beiden Freunden auf und ab. Nun blieb er stehen und klapperte mit dem Schnabel. „Mir hat Odin übrigens alle Zeichen beigebracht!", krächzte er eitel. „Wenn man mich fragen würde, würde ich verraten, dass der Text tatsächlich von Smigur handelt!"

Begeistert klatschte Einar in die Hände. „Mensch, Hugin! Natürlich kannst du lesen, du kluger Rabe! Sing uns das Loblied vor!"

Flügelschlagend kletterte Hugin auf den Runenstein. Wie ein Dichter hüstelte er, bis er sich der vollen Aufmerksamkeit seines Publikums sicher sein konnte.

„Also, hier steht Ssssmmiiig-ur. SMIGUR. Und dort: t-ta-tapf-pfer. Tapfer. Und da …" Mit dem Schnabel kratzte er etwas Dreck aus den Rillen. „Und da … Hach, die anderen Runen sind so unsauber geschrieben, dass ich sie nicht lesen kann!"

Einar schnaufte enttäuscht. Schade, dachte er. Dann muss ich eben warten, bis Odin mir das Lied vorliest. Mein Auftrag ist ja nur, die Zeichen abzumalen. Das kann ich auch, ohne ihren Sinn zu verstehen!

Doch plötzlich hatte Harald eine Idee: „Der Runenmeister kann es uns doch vorlesen. Zum Thing ist er immer im Dorf!"

Begeistert stimmte Einar zu. „Wir machen es so", schlug er vor, „du suchst den Runenmeister, und ich besorge Papier und einen Stift, äh, also Farbe. Dann kann ich den Text abschreiben!"

„So machen wir's. Bis später!", rief Harald und rannte schon zum Dorf zurück.

„Und wir vier gehen jetzt zur Magischen Insel", bestimmte Einar, als sein Freund im Wald verschwunden war.

Doch nach wenigen Schritten Richtung Küste bellte Odin plötzlich aufgeregt.

„Du meinst, wir sollten den Runenstein nicht alleine lassen?", fragte Einar.

Tatsächlich schien Odin genau das zu meinen. Er bellte zur Bestätigung.

„Vielleicht hast du recht", grübelte Einar. „Hugin, Munin! Ihr bleibt als Wächter beim Stein. Sobald Bjarne oder Ingvar dort auftauchen, gebt ihr uns Bescheid!"

Kopfnickend drehten die Raben um und flogen zur Weggabelung zurück.

Zum ersten Mal seit seiner Ankunft war Einar völlig auf sich gestellt. Als ihm ein bärbeißig dreinschauender Wikinger entgegenkam, wurde ihm das schlagartig bewusst, und in seinem Magen machte sich wieder dieses mulmige Gefühl breit. Hoffentlich erreichen wir die magische Insel bald, dachte er betreten.

Odin rannte in Kreisen muter um ihn her. Doch auf einmal blieb er schwanzwedelnd stehen und kläffte freudig. Im gleichen Augenblick landete Munin vor ihnen im Gras. Der Rabe war völlig außer Atem.

Alles, was er herausbrachte, war: „Du musst kommen! Schnell! Sie graben den Stein aus!"

 ## Ausgetrickst!

Einar rannte, so schnell er konnte. Aufgeregt flatterte Munin vor ihm herum, mehrere Male geriet er deshalb ins Stolpern.

„Kaum wart ihr weg, da sind sie aufgetaucht!", krächzte der Rabe. „Aber nicht allein. Ein Pferd haben sie mitgebracht! Hugin wollte es wild machen. Dafür hätte ihn beinahe Ingvars Stein erschlagen. Grrr! Diese Fieslinge!"

Versunken in seine Schimpftirade, wäre Munin beinahe vor einen Baum geflogen. Erst im letzten Moment kriegte er die Kurve.

Einar hörte ihm kaum zu. In seinem Inneren brodelte es. Wie hatten sie nur so leichtsinnig sein können? Natürlich waren auch Ingvar und Bjarne auf die Idee gekommen, dass es noch andere Wegkreuzungen gab. Vielleicht waren sie ihnen sogar hinterhergeschlichen, als sie mit den Vögeln losgelaufen waren. Nun machten sie sich an Odins Runenstein zu schaffen. Harald und er hatten es ihnen viel zu leicht gemacht!

Harald traf beinahe zeitgleich mit Einar am Runenstein ein – oder besser: An der Stelle, wo er bis vor Kurzem noch gelegen hatte. Stattdessen klaffte nun ein großes Loch neben dem Weg.

„Verdammt!", fluchte Harald. „Wir kommen zu spät!"

„Wie ich befürchtet habe!", ereiferte sich Hugin. Er sah ungewöhnlich zerrupft aus. „Sie haben ihn ganz ausgegraben und mitgenommen!"

Einar atmete tief durch. So zwang er sein Herz, langsamer zu schlagen. Die Wut durfte seinen Verstand nicht trüben. Ganz ruhig!, redete er sich zu. Odin hat dich losgeschickt, um das Loblied abzuschreiben. Du hast dein Versprechen gegeben, und du wirst es halten!

Mit zusammengekniffenen Augen studierte Einar das Erdloch. Eine tiefe Furche führte von der Stelle weg. Was das bedeutete, lag auf der Hand.

„Sie hatten ein Pferd dabei, stimmt's Munin?"

Der Rabe wackelte mit dem Schnabel. „Ja! So ein zotteliges schwarzes! Und es hat …"

Einar unterbrach ihn ungeduldig. „Selbst für zwei Wikinger ist der Stein zu schwer. Sie haben den Rappen davorgebunden. Aber sie können noch nicht weit gekommen sein. Los, hinterher!"

Die Schleifspuren waren nicht zu übersehen. Ohne Rücksicht auf die Ernte hatten Bjarne und Ingvar den Stein einfach quer durch ein Roggenfeld gezogen. Die Jungen brauchten nur den abgeknickten Halmen zu folgen.

„Ich hatte eigentlich vermutet, dass sie den Stein in Bjarnes Werkstatt bringen", keuchte Harald, als sie den Hügel hinaufliefen. „Aber die Spur führt weit vom Dorf weg!"

Hinter dem Feld wurde der Boden steiniger. Die tiefe Furche, die der Runenstein gerissen hatte, war hier kaum noch zu sehen. Am Fuße eines Berges hörte sie ganz auf.

Verwirrt blieb Einar stehen und sah sich um. Nichts!

„Sie können den Stein doch unmöglich über den Berg geschleppt haben", murmelte er grüblerisch.

Auch Harald schien nicht weiterzuwissen. Einar konnte sehen, wie es hinter seiner Stirn arbeitete. Plötzlich aber schnalzte der Wikinger mit der Zunge.

„Ich hab's!", rief er strahlend. „Es gibt nur eine Möglichkeit: Sie haben den Stein in der Opferhöhle versteckt!"

Opferhöhle? Einar zuckte zusammen. Der Name klang nicht gerade einladend. Ob dort wieder Skelette auf sie warteten?

Harald schien seine Gedanken zu erraten. „Es ist

nicht so schlimm, wie du denkst", meinte er beschwichtigend. „Die Höhle ist uralt. Zuletzt wurde dort ein Mönch aus Lindisfarne an Tyr, den Kriegsgott, übergeben. Ewig lang her!"

Einar fiel ein Stein vom Herzen. Nach dem Heiligen Hain war sein Bedarf an gruseligen Orten für einige Zeit gedeckt.

„Gut! Worauf warten wir dann noch?", fragte er erleichtert. „Auf zur Opf…, na, du weißt schon. Zur Höhle eben!"

Harald überlegte kurz, dann zeigte er nach links.

„Da lang! Aber leise! Wahrscheinlich sind Ingvar und Bjarne noch in der Nähe!"

Bei dem Gedanken an die beiden Fieslinge zog sich Einars Magen zusammen. Hier draußen in der Einsamkeit wollte er ihnen lieber nicht in die Hände fallen! Vorsichtshalber nahm er Odin auf den Arm und hielt ihm das Maul zu.

Rasch liefen sie an der steil hinaufragenden Felswand entlang. Nach einem Knick standen sie vor einem niedrigen, aber weiten Loch im Berg. Ein kleines Wikingerpferd konnte dort ohne Mühe hineinlaufen, ausgewachsene Männer mussten sich ducken.

„Irgendwie hab ich ein ungutes Gefühl bei der Sache!", flüsterte Einar. Unsicher blickte er sich um. Wurden sie beobachtet? Doch außer Hugin und Munin, die auf einer Felsnase saßen, war niemand zu sehen.

„Wenn sie noch in der Höhle sind, müssten sie schon sehr leise sein!", glaubte Harald. „Wahrscheinlich haben sie ihre Beute nur hier abgelegt und sind dann schnell verschwunden!"

„Okay", beschloss Einar. „Gehen wir rein!"

In der Höhle war es totenstill. Langsam setzte Einar einen Fuß vor den anderen. Nach wenigen Metern fand nicht der winzigste Sonnenstrahl mehr seinen Weg in den Felsengang. In einem Buch über Verhaltensforschung hatte Einar einmal von einem komischen Instinkt gelesen: Bei Gefahr drücken sich Menschen immer mit dem Rücken an eine Wand. So konnten sie sich in der Steinzeit besser verteidigen, hatte dort gestanden. Genau dieses Bedürfnis verspürte Einar gerade so stark wie noch nie in seinem Leben. Mit der rechten Hand ließ er Odins Maul los und tastete hinter sich.

Sein Herz klopfte heftig. Er bekam etwas Weiches zu fassen. Es war Haralds Umhang. Einar atmete kurz auf, doch dann begann Odin unheilvoll zu jaulen. Die Wände warfen das Heulen hundertfach zurück. Einar lief ein Schauer über den Rücken.

„Odin!", zischte er gereizt.

Weiter kam er nicht. Ein ohrenbetäubendes Grollen schnitt ihm die Worte ab. Der Boden bebte unter seinen Füßen. Ohne nachzudenken, rannte er zum Höhleneingang. In der Dunkelheit stolperte er. Verzweifelt versuchte er, sich abzufangen, schlug aber hart auf dem Boden auf. Trockener Staub wirbelte auf. Hustend und mit dröhnendem Kopf blieb Einar liegen. Erst langsam konnte er seine Gedanken sortieren. Dann wusste er plötzlich, was passiert war: Eine Gerölllawine hatte den Eingang der Höhle verschüttet!

„Wir sind eingeschlossen!", stellte Harald fest. Die Stimme des Freundes tröstete Einar ein wenig. Immerhin waren sie noch zusammen!

Auf einmal hörten sie fieses Gelächter, das von außen zu ihnen drang. Jetzt war klar: Dies hier war kein Unglücksfall. Jemand hatte die Lawine absichtlich ausgelöst!

„Na!", grölte Ingvar spöttisch. „Wie geht es euch – in eurem Grab?"

Dann entfernten sich seine Schritte hastig.

Die Opferhöhle

Es dauerte eine Weile, bis Einar den Schock überwunden hatte. Sie waren eingeschlossen! Hastig sprang er auf und versuchte, die Steine vor dem Höhleneingang zur Seite zu räumen. Harald half ihm. Die Opferhöhle durfte nicht ihr Grab werden! Der Hass auf Ingvar kochte in ihm. Doch schon bald sah Einar ein, dass sie so niemals Erfolg haben würden. Im Gegenteil: In der Finsternis kullerten die Steine unberechenbar umher. Einer hätte Odin beinahe getroffen. Wenn sie so weitermachten, würden sie sich schwer verletzen, so viel war klar. Völlig entnervt gab Einar auf.

„Da ist nichts zu machen", stellte auch Harald fest. „Und wenn wir bis zum Ragnarök weiterbuddeln!"

Einar setzte sich wieder hin und rieb sich die Stirn. Eine kleine Beule puckerte dort vor sich hin. In der Zeitung hatte er einmal von Bergleuten gelesen, die in ihrem Stollen eingeschlossen gewesen waren. Das Wichtigste war, nicht den Mut zu verlieren, hatten sie berichtet. Damals hatte sich das leicht angehört. Nun sah die Sache anders aus. Vor allem musste er vergessen, dass diese Männer erst nach zwölf Tagen befreit worden waren … Der Schmerz am Kopf hinderte Einar daran, einen klaren Gedanken zu fassen. Und er fror. „Hoffentlich ist wenigstens Hugin und Munin nichts passiert!", murrte er.

„Ich kann dich beruhigen, Menschlein!", krächzte es neben ihm. „Wir sind beide hier!"

„Aber da wir keine Fledermäuse sind, sind wir hier drinnen genauso blind wie ihr", fügte Munin kleinlaut hinzu.

„Dieser Schuft hat uns an der Nase herumgeführt", fluchte Harald. „Aber aufgeben werden wir nicht!"

Einar spürte einen feinen Windzug. Harald kroch auf allen vieren an ihm vorbei. „Wenn wir etwas Holz hätten, wüsste ich eine Lösung!"

Einar hatte nicht die leiseste Ahnung, was Harald jetzt mit Holz anfangen wollte. Trotzdem tastete auch er den Boden um sich herum ab. Hoffentlich erwischte er keinen Knochen! Ihr stockfinsteres Gefängnis war auch so schon unheimlich genug.

„Na, also!", jubelte Harald ein Stück entfernt. Dann blitzten winzige Funken auf. Jetzt erkannte Einar, was Harald vorhatte: Er schlug zwei Feuersteine aneinander! Immer wieder und wieder blitzte es, und auf einmal flackerte eine winzige Flamme auf. Harald kniete neben einer Handvoll dürrer Zweige und pustete behutsam. Bald schon kräuselte sich Rauch zur Decke. Im fahlen Lichtschein entdeckte Einar noch weitere Äste, die wohl der Wind hereingetragen hatte. Emsig klaubte er sie auf und warf sie in die Glut.

Als das Feuer richtig loderte, setzte sich Harald und atmete tief durch. Sein Gesicht war staubverschmiert. „Wenigstens können wir jetzt etwas sehen", schnaufte er. Mit dem Handrücken fuhr er sich über die Stirn.

Auch Einar war erleichtert. In Kellerräumen hatte er schon immer ein bisschen Angst gehabt. Hier in der Höhle war es sogar noch stiller, doch das Licht schien einen Teil der Unheimlichkeit zu fressen. Außerdem war ja Odin bei ihm. Zufrieden kuschelte er sich in Einars Schoß - zum Glück völlig unverletzt.

„Und jetzt?", krächzte Munin.

Einar zuckte mit den Schultern und sah sich um. Die schroffen Wände der Opferhöhle waren über und über mit Runenzeichen bemalt. Dazwischen prangten Zeichnungen von Tierherden. Im flackernden Licht des Feuers schienen sie über die Felsen zu galoppieren. Einar fröstelte wieder. Gemütlich würde es hier drin nie werden.

„Dein Vater wird uns doch suchen, oder?"

Harald nickte. „Klar! Auf Jörgen kann man sich verlassen!"

„Gut!", sagte Einar. „Dann müssen wir jetzt nur noch ein paar Stunden rumkriegen."

Er sah noch einmal zu den Tierzeichnungen hinauf.

„Wenn wir wenigstens diese Runen lesen könnten!"

Zum ersten Mal fand Einar die Zeit, sich die Zeichen richtig anzusehen. Bisher waren sie ihm nur wie regelmäßige Striche vorgekommen. Jetzt erkannte er Unterschiede: Manche sahen aus wie Blitze, manche wie auf die Spitze gestellte Quadrate, manche wie ein Kamm. Eigentlich fast genauso wie unser heutiges Alphabet, dachte er.

„Und ihre Bedeutung kennt wirklich nur euer Runenmeister?", fragte er ungläubig.

„Ja", bestätigte Harald. „Die Zeichen sind heilig. Wer sie schreibt, nimmt Kontakt mit Odin auf!"

„Die Runen sind weit mehr als ein Alphabet, Menschlein!", fügte Hugin hinzu. „Bei euch ergeben mehrere Buchstaben nur ein Wort. Bei den Wikingern aber setzen sie Magie frei!"

Einar runzelte die Stirn. „Kapier ich nicht!"

Munin schüttelte den Kopf. „Mich musst du nicht ansehen, Einar. Herr Hugin ist nicht immer leicht zu verstehen …"

Hugin verpasste Munin einen Stoß mit dem Schnabel. „Dann will ich es deutlicher sagen: Runen sind ein Symbol für Macht. Wer sie beherrscht, kann andere bezwingen – zum Beispiel einen bösen Dämon, der Schmerzen bringt!"

Haralds Augen blitzten auf. „Jetzt weiß ich, was dein Rabe meint! Wenn eine Frau ein Kind bekommt, besucht sie der Runenmeister. Er zündet Gräser an und malt ihr eine Rune auf die Hand. Die vertreibt dann die Schmerzen der Geburt!"

Munin begann, aufgeregt mit dem Schnabel zu klappern. „Deinem Vater ist doch mal ein glühendes Stück Eisen in den Stiefel gerutscht!"

„Du hast recht!", bestätigte Harald. „Der Runenmeister hat ihm einen Walknochen mit eingeritzten Runen unter das Bett geschoben. Am nächsten Tag konnte er wieder arbeiten!"

Einar hörte sprachlos zu. Konnte das alles wirklich stimmen? Konnten einfache Striche Schmerzen vertreiben und sogar Schwerverletzte heilen? Vielleicht musste man einfach nur fest genug an ihre Kraft glauben?

„Eine Rune hat mir Odin übrigens auch beigebracht!", krächzte Munin und scharrte etwas Asche auf den Höhlenboden. Mit einem Ast zog er ein paar Striche. „Diese hier! Man benutzt sie, um einen Berg zu öffnen!"

Einar lachte. Sein gefiederter Begleiter war wirklich ein komischer Vogel! Aber Harald war plötzlich hellwach. „Odin sei Dank! Er wird uns einen zweiten Ausgang schlagen!", jubelte er. „Los, nichts wie raus hier!"

Er sprang auf die Füße und ging tiefer in den Felsengang. Einar zögerte. Hinein ins unbekannte Dunkel dieser unheimlichen Höhle? Nur, weil Munin eine Rune gemalt hatte?

„Also gut", sagte er zu sich selber. Mit einem brennenden Ast als Fackel lief er hinter Harald her. Bald hatte er ihn eingeholt. Nach einem scharfen Knick führte ein schmaler Gang aufwärts. Einar stieg über abgesplitterte Felsbrocken nach oben. Es war glitschig. Plötzlich roch er etwas Wunderbares: Frische Luft! Durch einen schmalen Spalt strömte sie in die Höhle. Einar hätte ihn fast übersehen, denn draußen war es dunkel. Mitternacht musste vorbei sein!

Einar quetschte sich durch den Spalt – und war frei! Sofort zog er Odin und die Raben nach draußen. Harald kletterte zuletzt ins Freie. Pfeifend klopfte sich der Wikinger den Dreck aus seinem Umhang.

„Wir müssen weit über dem Dorf sein", glaubte er.

„Über dem Dorf?", wunderte sich Einar. „Und wer hat dann da hinten Feuer gemacht?"

Ungläubig schüttelte Harald den Kopf.

„Das kann nicht sein!" Er zögerte. „Doch! Du hast recht! Da ist ein Feuer! Warte hier!"

Einar wollte ihn zurückhalten, doch Harald war schon in der Dunkelheit verschwunden.

„Na, Odin!" Einar kraulte seinem Freund den Kopf. „Was hältst du von der Wikingerzeit?" Statt einer Antwort spürte er Odins Zunge auf seiner

Handfläche. Einar schloss die Augen und dachte an den Leuchtturm. Manchmal war es hier ein bisschen zu aufregend für seinen Geschmack.

Ein Rascheln riss Einar aus seinen Gedanken. Harald tauchte schon wieder aus der Dunkelheit auf.

„Wir sind auf dem Friedhof der Reichen gelandet!", berichtete er keuchend. „Und was glaubst du, wer da am Feuer hockt?"

Fassungslos schüttelte Einar den Kopf. „Lass mich raten: Unsere beiden besten Freunde!"

Das Geheimnis des Friedhofs

Hektisch trat Harald die Fackel aus und hielt den Finger an die Lippen. Nur der fahle Mond beleuchtete jetzt noch den Hang oberhalb des Dorfes.

Einar verstand: Sie waren aus der Höhle entkommen. Was die beiden Fieslinge mit ihnen machen würden, wenn sie das bemerkten, wollte er sich lieber nicht ausmalen!

„Was hast du vor?", fragte er kaum hörbar.

„Die zwei planen irgendeine Schweinerei!", zischelte Harald zurück. „Und wir finden es heraus!"

„Okay, ich bin dabei!" Einar streckte Harald seine Hand entgegen. „Wikinger zeigen ihre Angst nicht!", flüsterte er. Sie umarmten sich. Mit einem Freund wie Harald wird mir alles gelingen, dachte Einar zuversichtlich.

Sicherheitshalber ließ er Odin mit den beiden Raben zurück. Dann schlichen sie los.

Harald war unheimlich gut im Anschleichen, das musste Einar zugeben. Beinahe lautlos rannte er vorwärts, nie rutschte er aus, nie geriet er ins Stolpern. Außerdem musste er die Augen einer Katze haben. In weitem Bogen näherten sie sich den beiden Gaunern von hinten.

Bjarne und Ingvar standen in einem Feld von Felsbrocken. Die etwa 20 Steine waren in Form eines Schiffes aufgestellt. Deutlich erkannte Einar Heck und Flanken, vorne lief es spitz im Bug zu.

„Die Reichen lassen sich mit ihren Schiffen begraben!", erklärte Harald leise. „So reisen sie in die nächste Welt!"

Einar blickte sich um. Auch seine Augen hatten sich mittlerweile an das schummerige Licht gewöhnt. Jetzt erkannte er, dass auch die anderen Gräber schiffsförmig waren.

„Was haben die bloß vor?", murmelte Harald.

Vorsichtig lugte Einar um einen Felsen herum. Die beiden Schurken stellten an jedem Stein des Grabes eine Fackel auf. Sie zauberten eine gespenstische Stimmung auf den Friedhof. „Du hast keine Angst!", murmelte Einar sich zu.

Als sich Bjarne und Ingvar von ihnen wegdrehten, klopfte ihm Harald leicht auf die Schulter.

„Los! Wir müssen näher ran! Sonst hören wir nichts."

Einar lief zuerst los. Auf keinen Fall wollte er vor Harald als Skräling dastehen! Bis zum nächsten Grabstein musste er ein Stück über freies Feld laufen. Die beiden Fieslinge durfte er dabei nicht aus den Augen lassen. Wenn sich Ingvar umdrehen würde, wären sie verloren! Als er auf einen dürren Zweig trat, fuhr Einar zusammen. Das Geräusch hallte in seinen Ohren wie Donner wider. Doch die beiden Gauner schienen ihn nicht gehört zu haben. Er erreichte den Stein und warf sich in Deckung. Jetzt war er keine zehn Meter mehr von der ersten Fackel entfernt. Auf allen vieren kam auch Harald heran.

„Hast du den Mast gesehen?", flüsterte er aufgeregt.

Richtig! Dieses Schiffsgrab hatte als Einziges einen Mast – Odins Runenstein!

„Mann, das gibt's doch gar nicht!", entfuhr es Einar. Schnell hielt ihm Harald den Mund zu.

„Still! Sonst wird dieses Schiff auch unser Grab!"

Einar spürte sein Herz bis zum Hals schlagen.

Gespannt beobachtete er, wie Bjarne seine speckige Kappe abnahm. Ingvar reichte ihm einen Helm mit zwei Hörnern darauf.

„Hier, Meister!", näselte er. „Ihr müsst richtig gekleidet sein, wenn ihr mit eures Vaters Vater sprecht!"

Bjarne rückte sich den Helm auf seinem spärlichen blonden Haar zurecht. Dann hob er die Arme zum Himmel.

„Herjulf, großer Sippenführer in Walhalla!", rief er dröhnend. „Nimm diesen Runenstein als Geschenk deines unwürdigen Sohnes Sohn! Stimme Odin milde! Er soll die Augen des Richters blenden und ihn Jörgen schuldig sprechen lassen!"

Einar durchzuckte es wie ein Blitz. Das war es also! Auch Bjarne glaubte an die Magie des Runensteins! Konnte der Glaube an diese Magie tatsächlich so wirken, dass Schuldige schuldfrei gesprochen wurden?

„Außerdem hilf mir, großer Herjulf", donnerte Bjarne weiter, „dass dieser Schatz, der den Familienreichtum mehrt, nicht gefunden wird!"

Mit diesen Worten hob Bjarne eine kleine Holzkiste in die Höhe. Im Fackelschein blitzte es.

Harald riss die Augen auf. „Das … das gibt's doch nicht …!", stammelte er. „Da ist Mutters Brosche! Deswegen hat man nichts bei ihm gefunden! Sein ganzes Diebesgut liegt hier oben versteckt!"

„Schnell weg hier!", zischte Einar. „Wir sind in Lebensgefahr!"

Er musste sich stark zusammenreißen, um nicht sofort loszulaufen. Erst ein gutes Stück weit vom Runenstein entfernt traute er sich zu rennen.

Odin sprang ihm freudig entgegen. Doch Einar rannte grußlos weiter. Sie wussten nun, was Jörgen schon vermutet hatte: Bjarne war ein Dieb!

Im Dorf angekommen, riss Harald die Decke von der Haustür mit einem Handstreich herunter.

„Wo ist Vater?", brüllte er in den Raum.

Gudrun fuhr erschrocken von ihrem Bettlager auf. Verdutzt sah sie zu den Jungen herüber. „Wo bist du gewesen?", antwortete sie sauer.

„Später, Mutter! Ich kann dir alles erklären! Aber jetzt muss ich Jörgen sprechen!"

Gudrun schüttelte den Kopf. „Ich fürchte, das geht nicht. Dein Vater ist beim Ältestenrat. Keiner von uns darf dort erscheinen!"

„Mist!", fluchte Harald. Die Enttäuschung war ihm deutlich anzusehen. Doch plötzlich grinste er breit:

„Vielleicht aber auch gar nicht so schlecht. Bjarne und Ingvar wähnen sich in Sicherheit!"

Einar nickte. „Genau! Und morgen werden sie ihr blaues Wunder erleben!"

Gudrun seufzte. „Das hoffe ich nur zu sehr. Wenn Vater verurteilt wird, ist unser Leben zerstört!"

Sie lud Einar ein, die Nacht bei ihnen im Haus zu verbringen. Doch Einar schüttelte den Kopf.

„Danke für eure Gastfreundschaft! Aber ich möchte auf meinem Boot schlafen. Morgen früh komme ich wieder, ja?"

Mit schlechtem Gewissen verließ Einar das Haus. Er hatte seine Freunde angelogen. Aber er traute sich nicht, Harald von der Magischen Insel zu erzählen. Vielleicht hätte Odin etwas dagegen …

Am Horizont zeigte sich schon ein heller Silberstreif. Die Mittsommernacht ist die kürzeste im ganzen Jahr, schoss es Einar durch den Kopf. Im Dämmerlicht hatte er keine Mühe, sein Boot am Strand zu finden. Mit gleichmäßigen Stößen ruderte er direkt auf die Nebelbank zu, die die Insel einhüllte.

Was für ein langer, merkwürdiger Tag, dachte er

kopfschüttelnd. Aber – kein Wunder! Du bist hier bei den Wikingern! Jetzt, in der Einsamkeit auf dem Meer, kam ihm das alles ziemlich unwirklich vor.

Einar war froh, als die magische Insel im dichten Nebel auftauchte. Wie ein alter Freund schien sie auf ihn zu warten. Schnell knotete er das Boot am Steg fest und lief zur Hütte. Erleichtert schloss er die Tür. Ein Gefühl der Geborgenheit machte sich in ihm breit. Ohne seine Kleider auszuziehen, legte er sich in die Hängematte. Odin sprang mit einem Satz in Einars Schoß. Zufrieden fiepend rollte er sich zusammen.

Sofort fielen Einar die Augen zu. Doch auf einmal spürte er ein zartes Klopfen auf seiner Schulter.

„Munin, lass mich schlafen!", murmelte er.

„Gleich, Einar!", krächzte der Rabe leise. „Aber ich muss dir noch etwas verraten: Ich kenne gar keine Runen. Ich wusste einfach, dass es diesen zweiten Ausgang gibt. Durch den sind wir nämlich reingekommen, als ihr verschüttet wart. Ihr habt es vor lauter Aufregung gar nicht gemerkt. Bist du jetzt böse mit mir?"

Einar musste grinsen. Munin war so schlau! „Nein, Munin", murmelte er. „Nein! Schließlich hast du uns gerettet!"

Dann war er eingeschlafen.

Der Rote Erik

Am nächsten Morgen wurde Einar von einem Schrei geweckt. Verwirrt fuhr er hoch. Durch das Dach der Hütte fielen vereinzelte Sonnenstrahlen. Sie kitzelten ihn im Gesicht. Einar blinzelte. Dann fiel ihm sein Traum wieder ein: Harald und er waren über den Friedhof geschlichen. Plötzlich hatte Bjarne vor ihnen gestanden, mit einer Fackel in der Hand. Als er näherkam, erkannte Einar sein Gesicht: Es war ein blanker Totenschädel. Verblüfft musste Einar feststellen, dass er selber geschrien hatte.

Vor der Hütte lag Odin und nagte friedlich an einem blanken Knochen. Ob er sich den von der Magischen Insel gewünscht hatte? Als er sein Herrchen bemerkte, hob er den Kopf und bellte. Einar ging zu ihm und streichelte ihn.

„Na, mein Freund!", begrüßte er ihn. „Hast du auch so einen Unsinn geträumt?" Statt einer Antwort widmete sich Odin wieder seinem Knochen. Die Raben stritten sich um einen Wurm.

„Guten Morgen!", wünschte Einar.

„Welcher gute Morgen, Menschlein?", nörgelte Hugin. „Mein gefräßiger Bruder gönnt mir nicht einmal ein Frühstück!"

„Lasst doch den armen Wurm am Leben!", sagte Einar. „Wir fahren zum Dorf, da gibt es sicher Besseres für uns alle!"

Er ging noch einmal in die Hütte. Aus der Schublade des Tischs zog er ein großes Stück Pergament und verstaute es in seiner Tasche. Wer weiß, wann ich dem Runenstein wieder begegne, dachte er. Dann will ich sofort mit dem Abmalen beginnen können! Zufrieden über seine gute Idee lief er an den Steg und stieg ins Boot. Odin und die Raben erwarteten ihn bereits.

Als sie den Nebel durchdrungen hatten, sah Einar, dass die Insel jetzt näher am Ufer lag. Der Hafen hob sich direkt vor ihnen aus den Wellen empor. Die Dorfbewohner hatten eine gewaltige Palisadenwand aus Baumstämmen in den Meeresboden gerammt. Dieser halbkreisförmige Schutzwall sollte das Dorf und die Schiffe bei Stürmen sichern.

Viel Betrieb herrschte jetzt allerdings nicht. Nur ein Drachenboot und ein Knorr lagen vor Anker. Der Knorr wurde offensichtlich für eine weite Fahrt gerüstet. Etwa 20 Wikinger beluden ihn mit schweren Seemannskisten. Ohne lange nachzudenken, legte Einar an dem hölzernen Steg, auf dem die Männer arbeiteten, an.

Als sie Einars Boot bemerkten, bauten sich die Wikinger wie eine Mauer vor ihm auf. Einar erschrak. Würden sie ihn angreifen?

Tatsächlich zog einer der Wikinger sein Schwert! Der rothaarige Riese kam langsam auf das Boot zu. Einar kletterte trotzdem auf den Steg. Was hatte Harald gesagt? Ein Wikinger zeigte seine Angst nicht!

„Was willst du hier, Sklave?", knurrte ihn der Bärtige an. Er legte seine riesige Hand auf Einars Schulter.

„Ich … ich will …", stammelte Einar. Ihm wurde flau. Er hatte einen Fehler gemacht!

„Er gehört zu mir, Erik!", brüllte plötzlich jemand vom Dorf aus. Ein Stein fiel Einar vom Herzen. Harald!

Der Mann nahm seine Hand von Einars Schulter. Grummelnd schob er das Schwert zurück in seinen Gürtel. Mit raschen Schritten stiefelte er zu seinen Männern zurück.

Einar erwachte aus seiner Starre. Flugs rannte er vom Steg und Harald entgegen.

„Das war Rettung in höchster Not!", stöhnte er. „Ich dachte, mein letztes Stündlein hat geschlagen!"

Harald grinste. „Keine Angst!", antwortete er. „Ich hab dir doch gesagt, Erik der Rote ist eigentlich ganz in Ordnung. Nur das heutige Thing macht ihn wohl ein bisschen nervös!"

Erstaunt sah Einar dem rothaarigen Riesen hinterher. Das also war der berühmte Rote Erik, schoss es ihm durch den Kopf. Sein Sohn würde in ein paar Jahren Amerika entdecken! Einar fühlte sich geehrt, ihn kennengelernt zu haben. Auch, wenn er es beinahe mit dem Leben bezahlt hatte. „Und warum hat er mich für einen Sklaven gehalten?"

Harald wuschelte ihm über den Kopf. „Weil du so aussiehst! Alle freien Männer tragen lange Haare. Nur Sklaven haben so eine Frisur wie du!"

Einar war ein bisschen sauer. Warum sagte ihm sein Freund das erst jetzt? Doch er riss sich zusammen. Es gab im Moment weitaus Wichtigeres als ein Streit über Frisuren. „Spuck's aus! Was sagt Jörgen?", platzte es aus ihm heraus.

Harald verzog das Gesicht. „Mein Vater ist heute Nacht nicht nach Hause gekommen. Das Fest ging lange, und jetzt berät er sich mit einem Freund über das Thing. Wir können ihn vor der Verhandlung nicht mehr treffen!"

Haralds Worte trafen Einar wie ein Schlag ins Gesicht. „Aber … was machen wir denn jetzt? Er muss doch wissen, dass wir die Brosche bei Bjarne gesehen haben!"

Harald wirkte komischerweise ganz entspannt. „Ich habe schon darüber nachgedacht", antwortete er. „Wir müssen mit dem Runenmeister sprechen. Er ist auch der oberste Richter beim Thing. Er soll hier im Hafen sein!"

„Dann los! Schließlich geht es um deinen Vater!"

Sofort machten sie sich auf die Suche. Odin sprang hinterher. Am Ufer des Hafenbeckens standen sechs Häuser dicht an dicht. Aus einigen drang eifriges Gehämmer, in anderen wurde Fleisch geräuchert. Ein Wagenbauer reparierte mit seinem Sklaven ein schweres Rad. Vor einer kleinen Hütte nähten drei Frauen an einem rotweiß gestreiften Segel. Harald fragte sie nach dem Runenmeister. Doch sie schüttelten nur die Köpfe. Vor dem letzten Haus lehnte ein alter Mann an einem Eichenfass. Mit sehnsüchtigem Blick starrte er aufs Meer.

„Frag den Roten Erik!", grummelte er. „Ich habe den Meister bei ihm gesehen, als ich meinen Morgenfisch geholt habe!"

„Odin zum Dank!", jubelte Harald.

Der Alte nickte stumm.

„Warum haben wir Erik nicht gleich gefragt?", grummelte Einar. Die verlorene Zeit wurmte ihn.

An den Häusern entlang liefen sie zurück zum Steg. Plötzlich hielt ihn Harald am Rockzipfel fest und legte den Finger an die Lippen. Hinter einem Fischerboot leuchtete ein roter Haarschopf hervor!

„Da ist Ingvar", flüsterte er.

In diesem Moment sprang der Junge ans Ufer und rannte in die entgegengesetzte Richtung davon. Einar wollte ihm folgen, aber Harald winkte ab. „Lass ihn laufen!", sagte er. „Ingvar wird seine gerechte Strafe schneller bekommen, als ihm lieb ist!"

Hoffentlich hat Harald recht, dachte Einar und folgte ihm zum Knorr. Erik schulterte gerade ein Fass.

„Hast du den Runenmeister gesehen?", erkundigte sich Harald. Einar hielt sich lieber hinter ihm. Die eisige Begrüßung vor einer halben Stunde hatte er nicht vergessen. Doch Erik antwortete außerordentlich freundlich: „Klar, hab ich! Hat mein Schiff gesegnet."

Mit seiner behaarten Hand klopfte er auf den Rumpf des großen Schiffs. Am Bug war eine Kette von Runen eingeritzt. „Ägir, der alte Wogenbrauer, soll uns heil übers Meer geleiten!"

Schon wieder Runen, dachte Einar. Langsam spürte er, wie wichtig diese Zeichen für die Wikinger waren. Hugin hatte nicht übertrieben.

„Wo ist der Meister jetzt?", sprudelte es aus Einar heraus.

Erik sah ihn streng an. „Er ist schon zum Thingplatz vorausgegangen. Du weißt, was mir dort blüht?"

Einar wusste nicht genau, ob er antworten sollte. Vorsichtshalber nickte er nur schwach.

„Hm", knurrte Erik. „Hab mich zu einem Streit hinreißen lassen. Unser Runenmeister wird die Strafe verkünden. Seine Worte sind gerecht und mächtiger als mein Blutzweig!" Er reichte das Fass an einen Sklaven. „Ich muss los!"

Harald hielt Erik an seinem Umhang fest. „Nehmt uns mit zum Thing!", bat er.

Erik sah erstaunt auf Harald herunter. Dass ihn so ein Wicht aufhalten wollte, schien ihn zu belustigen. „Junge, du hast Mut!", sagte er mit breitem Grinsen. „Ein Skräling greift dem Roten Erik nicht ans Wams, so viel ist klar! Aber zum Thing dürfen nur Männer. Lass mich gehen!"

Er wischte Haralds Hand von seiner Kleidung und stapfte mit großen Schritten davon. Sein Ziel musste der schroffe Felsen sein, der sich hoch über das Meer erhob.

Einar erkannte ihn gleich wieder: Der Rabenfelsen! Hier hatten Harald und er gestern Vogeleier gesammelt und später Freundschaft geschlossen. Heute wurde die Ebene auf dem Felsen als Versammlungsort genutzt. Eben hissten zwei Männer

eine Flagge, das erkannte Einar auch aus dieser Entfernung.

„Das Thing ist eröffnet", murmelte Harald tonlos.

Einar bemerkte den dumpfen Blick seines Freundes.

„An den Wachen kommen wir nicht vorbei", seufzte er. „Mein Vater muss ohne unsere Hilfe recht bekommen!"

Einar grübelte. Wie sollte sich Jörgen denn alleine verteidigen – ohne Beweise? Konnten sie wirklich gar nichts für ihn tun? Oder vielleicht … doch? „Ich glaube, ich weiß, wie wir die Wachen austricksen können!"

Das Thing

Einar kletterte über ein paar Gesteinsbrocken. Meerwasser umspülte seine Füße. Er bückte sich. Da war es! Triumphierend zog er Haralds Seil aus dem Versteck. „Die Wachen stehen nur am Weg", meinte er. „Dass zwei verrückte Jungen über den Felsen hinaufklettern, vermutet bestimmt keiner!"

Harald war verblüfft, das konnte Einar deutlich sehen. Als er sich wieder gefangen hatte, grinste er. „Und du bist ganz bestimmt kein Wikinger?", sagte er lachend. „Mutig genug bist du auf jeden Fall!"

Einar antwortete nicht. Er starrte am Rabenfelsen hoch. Mindestens 15 Meter ragte er steil in die Luft. Einar schluckte. 15 Meter nichts als nackter, glatter Stein! Doch sein Entschluss stand fest. Weit über ihren Köpfen verkündeten in diesem Moment Fanfarenstöße den ersten Richterspruch. Es war keine Zeit zu verlieren.

Wie er es bei Harald gesehen hatte, warf er das Lasso in die Luft. Beim dritten Versuch traf er die Felsnase. Ein leichter Ruck, und es hielt!

„Ich gehe zuerst!", bestimmte Harald.

Schon schwang er sich in die Höhe. Lautlos hangelte er sich nach oben, bis auf den kleinen Überhang.

„Los, jetzt du!", rief er zu Einar hinunter.

Einar atmete tief durch. Gestern war ihm der Aufstieg gelungen. Also würde er es auch heute schaffen!

Noch einmal prüfte er das Seil. Dann stieß er sich vom Boden ab. Während seine Hände weiter nach oben griffen, drückte er sich mit den Füßen an der Felswand ab. Schon nach wenigen Metern schmerzten seine Arme.

Odin fiepte jämmerlich unter ihm. Aber Einar durfte sich nicht umdrehen! Mit aller Kraft zog er sich höher und höher. Vom Felsvorsprung streckte ihm Harald die Hand entgegen.

„Du hast es gleich geschafft!", feuerte er ihn an.

Einar packte Haralds Arm. Dann war er in Sicherheit. Vorsichtig spähte er in den Abgrund. Winzig klein hockte Odin zwischen den Felsen. Die Raben schnatterten auf ihn ein. Was sie sagten, konnte Einar nicht verstehen.

„Den Rest schaffen wir ohne Seil!", beschloss Harald.

Es war wirklich nicht mehr weit. Auf hervorspringenden Kanten fanden Einars Hände und Füße

Halt. Dann waren sie auf dem Plateau. Einar sprang hinter einen kleinen, windgebeugten Busch und spähte durch die kargen Zweige.

„Ich nehme das Urteil an!", dröhnte es ihm entgegen. Der Rote Erik! Einar robbte um den Busch herum, Harald folgte ihm lautlos. Der rothaarige Wikinger stand vor einem hölzernen Thron. Mindestens 50 Männer hockten auf der Wiese und diskutierten das Urteil.

„Ihr habt mich für friedlos erklärt!", fasste Erik zusammen. „Meine Familie wird das Land verlassen. Erweist mir eine letzte Ehre: Bitte lasst uns in Frieden ziehen!"

Der Mann auf dem Thron erhob sich. Sein schlohweißer Bart reichte ihm bis zur Brust. „So soll es sein!", verkündete er.

„Das ist er!", flüsterte Harald. „Das ist der Runenmeister!"

Der Verurteilte nahm neben dem Thron auf einem Fell Platz.

Jetzt entdeckte Einar auch Jörgen. Haralds Vater hatte sich einen feinen Leinenrock übergeworfen. Trotzdem sah er irgendwie erbärmlich aus, fand Einar. Die Sorge hatte sich über Nacht noch tiefer in sein Gesicht eingegraben.

„Nun wollen wir Bjarne hören!", bestimmte der

Runenmeister. Einige Männer blickten verächtlich zu dem Zimmermann. „Was hast du uns zu sagen?"

Bjarne trat vor den Thron. Einar spürte, wie sich sein Magen zusammenzog.

„Jörgen der Schmied hat meine Ehre verletzt!", nuschelte Bjarne. „Sagt, ich sei ein gemeiner Dieb!"

„Und? Bist du einer?", fragte ein Mann in einem Bärenfell.

„Natürlich nicht!", erwiderte Bjarne. „Bin ein ehrlicher Zimmermann. Kann jeder hier bestätigen!"

Ein Murmeln ging durch die Reihen. Einar las in den Gesichtern, dass diese Worte die Männer amüsierten. Doch der Runenmeister ließ sich davon nicht beeinflussen.

„Was sagst du zu diesem Vorwurf, Jörgen Haraldsson?"

Einar spürte einen Ruck an seinem Arm. Harald krampfte seine Hand in den Stoff, als sein Vater vortrat.

„Ihr Männer, hört mich an!", begann Jörgen. „Bjarne hat meiner Frau eine Brosche gestohlen!"

„Ist nicht wahr!", fuhr Bjarne dazwischen. Er besaß tatsächlich die Frechheit, Jörgen ins Gesicht zu schwindeln! „Und wenn du diese Lüge noch einmal wiederholst, werde ich dich gleich hier mit meinem Schwert erschlagen!"

Der Runenmeister hob den Arm, um Bjarne zu beruhigen. „Das sind starke Worte, Jörgen! Kannst du das beweisen?"

Deutlich sichtbar schoss dem Schmied das Blut ins Gesicht. Einar hielt die Luft an. Ob Jörgen inzwischen ein gutes Argument gefunden hatte?

„Ich … Nein …", stammelte Jörgen. „Aber ich weiß es einfach!"

Ein Raunen ging durch die Reihen der Wikinger.

Auch der Runenmeister stand auf. „Du beschuldigst also den Zimmermann ohne Beweise?"

Jörgen starrte ins Gras. Dann nickte er zaghaft.

„So verletzt du also die Ehre dieses Mannes nur wegen eines Verdachts?", fuhr ihn der Richter scharf an. „Oder hast du den Diebstahl mit eigenen Augen gesehen?"

Jörgen blickte sich um. Dann schüttelte er den Kopf.

Der Richter lehnte sich auf seinem Thron zurück. „Die Ehre eines Mannes ist wertvoller als sein Haus und sein Blutzweig. Das solltest du wissen, Jörgen Haraldsson. Du hast Bjarnes Ehre grundlos besudelt!"

Einar beobachtete mit klopfendem Herzen, wie der Richter und zwei Männer die Köpfe zusammensteckten.

„Unsere Beratung war kurz, denn unser Urteil ist einstimmig", verkündete der Runenmeister. „Hiermit verurteilen wir dich zum Tod durch den …"

„Halt!" Plötzlich sprang Harald auf und rannte auf den Thingplatz. „Ihr dürft Jörgen nicht richten! Bjarne ist wirklich ein Dieb!"

Fassungslos starrte Einar seinem Freund hinterher. Wie in Zeitlupe kamen die Wikinger auf ihn zu. Harald hatte sein Leben aufs Spiel gesetzt!

Da eilten auch die Wachtposten herbei. Einer von ihnen hielt Harald sein Schwert an die Kehle. „Du weißt, was mit Kindern passiert, die das Thing stören?", bellte er Harald an.

„Aber … ich habe das Diebesgut gefunden!", presste Harald hervor. Sicher schnitt ihm die Klinge in die Kehle.

„Unsinn!", stammelte Bjarne. „Werft den Knaben über die Klippen, wie das Gesetz es will!"

Schon wollten die beiden Wachen Harald an den Rand des Felsens führen. Doch Erik der Rote stellte sich ihnen in den Weg. „Einen Augenblick!", herrschte er die Männer an. „Ich habe diesen Jungen als mutigen Kerl kennengelernt! Auch mir fehlt ein goldener Ring, seit Bjarne in meinem Haus gearbeitet hat. Nie würde ich ihn beschuldigen, aber ..." er fuhr sich mit den Fingern durch den roten Bart, „... wenn er tatsächlich ein Dieb ist, dann gnade ihm Thor!"

Die Männer sahen verwirrt zwischen Erik und dem Runenmeister hin und her.

„Es sei!", entschied der alte Richter. „Sage uns, wo du die Brosche gesehen hast!"

Der Wachtposten ließ sein Schwert sinken. Harald würgte. „Bjarne hat den ganzen Schmuck auf dem Friedhof versteckt. Unter dem großen Stein auf dem Grab seines Vorfahren Herjulf in einer kleinen Kiste!"

Der Runenmeister nickte einem der Wachtposten zu. Sofort rannte er Richtung Friedhof davon.

Einar jubelte innerlich. Harald hatte es geschafft! Er hatte seinen Vater gerettet! Er war wirklich ein Teufelskerl!

„Mein Freund, ich warne dich!", herrschte der Runenmeister in diesem Moment Harald an. „Wenn du das hohe Thing belogen hast, erwartet dich die schlimmste Strafe!"

Einars Jubelgefühl wich mit jeder Minute, in der der Späher nicht zurückkam, einem dumpfen Unbehagen. Auch unter den Männern herrschte große Anspannung. Keiner sagte ein Wort.

Einar sah zu Bjarne hinüber. Gleich würde er seine gerechte Strafe bekommen! – Aber was …? Irgendetwas stimmte nicht! Bjarne grinste! Konnte es sein, dass …?

Endlich kehrte der Wachtposten zurück. „Keine Kiste. Keine Brosche!", berichtete er keuchend.

Einar durchzuckte es wie ein Blitz. Bjarne und Ingvar hatten sie schon wieder hereingelegt!

Die Brosche

Einar kochte vor Wut. Schon wieder hatten sie Ingvar und Bjarne unterschätzt. – Offensichtlich hatten die beiden von Anfang an alles geplant: An dem Runenstein waren sie nie interessiert gewesen. Der war nur der Lockvogel, um Harald und ihn zu dem falschen Versteck zu locken und sie so aus dem Verkehr zu ziehen. Ihnen war die Flucht früher als gedacht gelungen – na und? Sie hatten Ingvar ja am Morgen genug Zeit gelassen, das Diebesgut wegzuschaffen. Mit Haralds Auftritt vor dem hohen Thing hatten sie selber ihren Kopf aus der Schlinge ziehen können. Was immer Harald oder Jörgen jetzt noch sagen würden, keiner würde ihnen mehr glauben.

Auch der Runenmeister nicht. Einar sah, wie der alte Mann zornesrot anlief.

„Deine Reden haben den Rat des Thing beleidigt, junger Harald Jörgensson!", schnaufte er. „Dafür gibt es nach unserem Recht nur eine Strafe: Du wirst mit deinem Vater ausgesetzt werden. Auf einer einsamen Insel ohne Nahrung. Auf dass ihr verdursten und verhungern möget!"

Erschrocken blickte Einar auf Harald. Doch sein Freund empfing den Richterspruch ohne Anzeichen von Angst oder Verzweiflung.

Ingvar grinste hämisch. Die ganze Zeit hatte er sich hinter Bjarne verborgen – nun traute er sich hervor und streckte Harald die Zunge heraus. Was für ein Held!

Einar zermarterte sich das Hirn. Aber konnte er etwas tun? Panisch ging er alle Möglichkeiten durch. Ohne Ergebnis. Hier und jetzt konnte er Harald nicht retten!

„Willst du deinem Freund nicht helfen, Einar?"

Munin war neben ihm im Gebüsch gelandet.

„Munin!", seufzte Einar verzweifelt. „Bevor ich nur den Mund aufgemacht habe, werden sie mich doch die Klippen herunterstoßen!"

„Das stimmt wohl", krächzte der Rabe. „Dabei ist es so einfach. Die Brosche und der ganze Schatz sind in Bjarnes Gürteltasche!"

Einar glaubte, sich verhört zu haben. „Er hat das Diebesgut hier bei sich?"

„Ja. Wo wäre es sicherer?"

In Einars Kopf arbeitet es wie wild – das war eine neue Chance! „Munin", flüsterte er schließlich, „nur du kannst Harald retten! Tu jetzt genau, was ich dir sage!"

Kaum hatte er seinen Plan erklärt, da flatterte Munin auch schon los. Gebannt bohrte Einar die Zähne in seine Fingerknochen. Der Rabe flog krächzend einen großen Bogen. Als Hugin hinzukam, starrten die Wikinger erschrocken zum Himmel. Nur das Flügelschlagen der beiden Vögel war zu hören. Dann landete Hugin direkt neben Harald. Mit dem Schnabel rieb er an seinem Hosenbein. Einar biss die Zähne zusammen. Jetzt kam es drauf an! Munin drehte noch eine Runde und sauste plötzlich in einem Sturzflug auf Bjarne nieder. Bjarne hob abwehrend die Arme, doch da packte der Rabe schon die Tasche des Zimmermanns. Mit einem Ruck seiner Krallen riss er sie vom Gürtel. Verblüfft sahen alle, was nun über den Boden kullerte: Eine

Brosche, mehrere goldene Ringe und ein Kamm aus Bronze! Keiner der Männer zuckte auch nur mit der Wimper. Munin pickte nach der Brosche, nahm sie in den Schnabel und legte sie vor Jörgen ab. Dann breiteten beide Raben ihre Schwingen aus und segelten aufs offene Meer davon.

„Bombastisch fantastisch!", flüsterte Einar in seinem Versteck. Sein Plan war voll und ganz aufgegangen!

Die Wikinger waren sprachlos. Jeder schien zu wissen, dass diese beiden Vögel keine normalen Raben gewesen waren.

„Odin hat uns seine Boten geschickt!", rief der Runenmeister mit dröhnender Stimme über den Platz. „Der große Wissende wollte uns vor einer Dummheit bewahren. Wir haben die Falschen verurteilt. Dort stehen die wahren Schurken!" Mit seinem runenverzierten Stab zeigte er auf Bjarne und Ingvar. Die beiden blickten sich hastig um, als ob sie nach einer Fluchtmöglichkeit suchten. Sie gaben schnell auf.

„Ich habe einen Vorschlag zu ihrer Bestrafung!", rief Jörgen. Er strahlte wieder die alte Zuversicht aus. „Setzt sie in ein Boot ohne Ruder, mit Proviant für einen halben Mond und Saatgetreide. So die

Götter es wollen, treiben sie an eine fruchtbare Küste. Wenn nicht, so haben die Fische ihre Freude an ihnen!"

Der Runenmeister stampfte mit seinem Stab auf. „So soll es sein. Und jetzt schafft sie mir aus den Augen. Sie haben sich so vieler Verbrechen schuldig gemacht, dass sie unsere Ehre durch ihre bloße Anwesenheit verletzen!"

Nur allzu gerne, so schien es, folgten die Wachtposten den Anweisungen.

„Und jetzt auf zum Festplatz!", verkündete der Runenmeister. „Wir müssen uns bei Jörgen und seinem mutigen Sohn entschuldigen! Am besten mit einem guten Essen!"

Einar lächelte. So leise, wie er gekommen war, schob er sich rückwärts an die Klippe heran. Schnell fand er eine Kante für seinen Fuß. Und schon wenige Minuten später schloss er Odin glücklich in die Arme.

Mittsommerfest

Einar wäre gerne sofort zum Festplatz gerannt, um mit Harald und Jörgen zu feiern. Doch es gab noch etwas zu tun – schließlich war er nicht nur Haralds Freund, sondern auch Odins Forschungsassistent. Also ging er auf die Felder im Süden zu. Unterwegs kam ihm eine kleine Gruppe Wikingerfrauen in festlichen Gewändern entgegen. Vermutlich wohnten sie auf weiter außerhalb liegenden Höfen. Ihre langen Haare hatten sie zu dicken Zöpfen geflochten oder mit Kämmen aus Knochen hochgesteckt. Die jüngeren Mädchen hüpften und sprangen über den Weg, sicher aus Vorfreude auf den ersten Tanz.

Dann erreichte Einar sein Ziel – den Hügel mit den schiffsförmig angeordneten Steinen. Jetzt, bei hellem Tageslicht, konnten sie ihm keinen Schrecken einjagen. Er empfand den Friedhof plötzlich wie ein Wikinger: Als Ort, wo man seine Vorfahren trifft und mit ihnen spricht.

Das Grab des Herjulf war leicht zu finden. Der Runenstein ragte noch immer wie ein Mast aus seiner Mitte empor.

Einar kniete nieder. „Ich will dich nicht stören, Herjulf", flüsterte er. „Der Stein bleibt hier. Aber ich möchte seine Runen abmalen."

Einar stand wieder auf und zog das Pergament aus seiner Tasche. Mit einem dicken Stift begann er, die Zeichen zu übertragen. Er schärfte sich ein, ja keinen Fehler zu machen. Dreimal überprüfte er den Text. Schließlich war er sich sicher, alles richtig abgeschrieben zu haben. Zufrieden faltete er das Blatt zusammen und schob es in die Tasche zurück.

„So, Odin", sagte er fröhlich. „Jetzt feiern wir auch!"

Odin verstand offenbar. Ausgelassen sprang er durch die Roggenfelder, jagte Amseln und stellte sogar einem Kaninchen nach. Erst als sie den großen Festplatz vor dem Dorf erreichten, drückte er sich wieder nahe an Einars Bein. Auch Einar flößte das Gedränge Respekt ein. Hier war mehr los als auf jeder Kirmes zu Hause! Von überall her klang Musik. Pauken wurden geschlagen, lange Hörner geblasen. Die Männer hatten sich rot und blau angemalt, die Frauen trugen schwere Ketten mit goldenen Anhängern. So machte man sich also bei den Wikingern fein, dachte Einar schmunzelnd.

„Na, Junge!" Ein zahnloser Mann mit rot geschminkten Lippen grinste ihn an. „Willst du auch wetten? Björn ist stark wie ein Bär, den besiegt keiner!"

Schon fing neben dem Greis ein Ringkampf an. Zwei Männer mit nackten Oberkörpern versuchten, sich gegenseitig umzuwerfen. Die umstehenden Wikinger jubelten ihnen zu.

Einar sah einen Moment lang zu, dann ließ er sich von der Menge weitertreiben. Wo war Harald?

„Wer schmeißt den Stein am weitesten?", brüllte da ein Mann mit einer Wolfpelzmütze. „Niemand kommt weiter als ich!"

„Nimm den Mund nicht zu voll!", knurrte ein Wikinger neben Einar. Er streifte sein Oberteil ab und ließ seine gewaltigen Muskeln spielen. Einar erblickte den Stein am Boden. Er war groß wie Vaters Reisetasche und bestimmt auch mindestens genauso schwer.

Der Mann jedoch riss ihn mit beiden Händen in die Höhe und machte einen Schritt vorwärts. Dann warf er den Findling weit über den Einschlag hinweg, der schon auf der Wiese war.

„Wenn du noch ein bisschen übst, schaffst du das in ein paar Jahren vielleicht auch!", höhnte er. Lachend sah Einar, wie sich die Pelzmütze schimpfend trollte.

Da ertönte ein durchdringendes Tuten. Einar

fuhr herum. Ein Sklave blies mit vollen Backen in ein langes Kuhhorn.

Was kommt jetzt?, wunderte sich Einar. Da sah er den Runenmeister. Hoheitsvoll betrat er den hölzernen Tanzboden. Er hob seinen Birkenstab. Sofort verstummte alles Lachen, selbst die Ringkämpfer und Wettläufer stoppten mitten im Kampf.

„Ich bin stolz, euch einen neuen Mann aus eurem Dorf vorzustellen", rief der Runenmeister laut, „Harald Jörgensson!"

Harald, der nun auf die Plattform stieg, strahlte übers ganze Gesicht. Einar merkte, dass er eigentlich gerne gelassen wie ein Mann wirken wollte. Doch in seinem Glück gelang ihm das einfach nicht.

Und Jörgen platzt sicher vor Stolz, dachte Einar. Der Schmied wuchtete soeben eine Holzkiste neben den Runenmeister. Einar erkannte sie sofort wieder: Das war die Kiste, die Harald nie berühren durfte! Jörgen schlug den Riegel zur Seite und griff hinein. Behutsam zog er ein Schwert hervor, prachtvoller als alle, die Einar bisher gesehen hatte. Auch Harald fielen schier die Augen aus dem Kopf.

„An diesem Blutzweig habe ich vier Jahre gearbeitet. Er ist mein Meisterwerk. Heute sollst du ihn bekommen, mein Sohn, denn du bist mutiger als der Elchbulle im Wald!"

Alles in Einar jubelte. „Hurra!", rief er. „Hoch lebe Harald!"

Einen Augenblick lang zögerten die Wikinger, dann fielen sie in Einars Jubelschrei ein. „Hoch lebe Harald!", grölten sie. „Hoch lebe Jörgen, der Schmied!" Die umstehenden Männer klopften ihnen auf die Schultern, schüttelten ihnen die Hände, reichten ihnen Metkrüge und zogen sie mit sich fort.

Wieder war Harald in der Menge verschwunden. Einar wollte ihm schon hinterhereilen, da spürte er plötzlich einen Blick. Er suchte die Menge ab. Es war der Runenmeister, der ihn anstarrte. Seine alten, weisen Augen lasteten auf ihm. Langsam kam er auf Einar zu.

„Du hast etwas für mich, nicht wahr?", fragte er mit fester Stimme.

Wie gebannt griff Einar in seine Tasche und zog das Pergament mit dem Liedtext heraus. „Ich leihe es euch aus", antwortete er mutig. „Aber dann brauche ich es wieder!"

Der Runenmeister faltete das Blatt vorsichtig auseinander und überflog es mit den Augen. Dann nickte er zufrieden.

„Endlich ist es wieder da", murmelte er, tief gerührt.

Am Abend, als sich das ganze Dorf zum Festmahl um ein großes Feuer versammelt hatte, sang der Runenmeister mit hoher Stimme das Loblied auf den tapferen Smigur. Mit glänzenden Augen lauschten Einar und Harald den kraftvollen Worten.

Dies ist ein Lob auf Smigur den Seefahrer.
Tapfer war er, wie kein Mann zuvor.
Allein trieb er auf seinem Schiff.
Die Wellen hoch wie die Blutbirke in seinem Dorf.

Verloren war er.
Smigur rief den Allwissenden an.
„Odin!", rief Smigur.
„Deine Macht ist stärker als der Wind! Schicke mir Kraft!"
Der Donner grollte.
Smigur schnitt ein neues Ruder aus dem Mast.
100 mal 100 Tage schlief er nicht.
Unaufhörlich rief er Odins Namen.
Dann wurde das Meer glatt.
Er ging an Land, wo dieser Stein steht.
Unser aller Vater ist er.
Wie Odin, der Donnerbezwinger.
Lob sei dem tapferen Smigur.
Lob sei Odin.

Nicht wenigen der hartgesottenen Wikinger traten Tränen in die Augen. Es war lange her, seit sie diese Verse zum letzten Mal vernommen hatten. Nun waren sie wieder lebendig!

Der Alte beendete das Lied mit einem tiefen Dank an Odin. Alle Wikinger, Männer und Frauen, Kinder und Sklaven, stimmten in den Dank ein.

Plötzlich spielte wieder Musik auf, und Sklaven trugen Platten und Schüsseln voll Speisen auf den Festplatz.

Harald grinste Einar an. „Ich glaube, damit ist unser Abenteuer beendet … Sag mal, du hast nicht zufällig etwas mit meiner Rettung vor dem Thing zu tun gehabt?"

Einar musste lachen. „Nein, wie kommst du darauf?", flunkerte er.

Harald lachte zurück. „Weißt du, wir haben übrigens noch einen Grund zum Feiern. Der Rote Erik war von meinem Mut so beeindruckt, dass er mich gefragt hat, ob ich mitkommen will! In seinem Schiff! Wir werden neues Land finden, neue Abenteuer!"

„Bombastisch fantastisch!", jubelte Einar.

Harald zog die Stirn kraus. „Was soll das eigentlich bedeuten?", fragte er.

Einar lachte. „Tja, weißt du, ich spiele auch gerne mit Worten, wie ihr. *Toll* klingt so langweilig. Ich nenne es *bombastisch fantastisch!*"

Harald nickte. „Ja, da hast du recht. Bestimmt wird es bombastisch fantastisch mit Erik. Sag, kommst du mit?"

Einar schluckte. Er hatte ganz vergessen, dass er irgendwann wieder Abschied nehmen musste. Harald, Jörgen, Gudrun und die anderen, sie alle würde er dann nie wiedersehen. „Nein, ich muss auf eine andere Reise gehen!", antwortete er ausweichend. „Aber erst morgen. Heute wird gefeiert!"

Harald umarmte ihn. „Ja, heute wird gefeiert! Komm, meine Eltern warten schon auf dich!" Odin kläffte. „Entschuldigung!", sagte Harald. „Natürlich auch auf dich, Odin!"

Lachend gingen die beiden Freunde über den Festplatz. Überall hingen bauchige Kessel im Feuer. Süße und scharfe Gerüche hingen in der Luft. Einar aß Fisch, Rentier und Zwiebelgemüse, dazu trank er Honigwasser. Zur Belustigung aller maßen die Wikinger ihre Kraft im Baumstammwerfen und ihre Geschicklichkeit mit dem Schwert. Die Kinder spielten mit Schiffen aus Holz. Einige Mädchen setzten ihre Puppen hinein. Dann trat eine Gruppe von Musikanten auf die Bühne. Sie flöteten auf ausgehöhlten Rentierknochen, ein dicker Wikinger schlug die Pauke dazu. Jörgen tanzte mit Gudrun, Harald mit seiner Schwester Stine, und Einar forderte sogar die schöne Vigtis auf. Er tanzte, bis ihm schwindelig wurde.

Erst tief in der Nacht kehrte Einar zur Magischen Insel zurück, mit jeder Menge Schmetterlingen im Bauch. Glücklich rollte er sich in seiner Hängematte ein. Vom Festplatz aus klang die Musik bis zu seiner Hütte herüber und in seine Träume hinein.

Ein neues Abenteuer

Donnernde Jubelrufe rissen Einar am nächsten Morgen aus dem Schlaf. Rasch eilte er zum Ufer der Insel, doch der Nebel versperrte ihm die Sicht.

„Ich wünschte, der Nebel würde sich lichten", seufzte Einar. Zu seinem großen Erstaunen teilte sich der Schleier sofort. Was er sah, warf ihn fast um!

Eriks Knorr verließ soeben das Hafenbecken. Drei Wikinger setzten das rotweiß gestreifte Segel. Sofort blähte es der Wind auf. Die Männer zogen die Ruder ein.

„Freie Fahrt voraus!", rief ihnen Erik zu. Er stand am Bug des Schiffs und blickte aufs Meer hinaus. Sein roter Bart wurde von der Brise zerzaust.

Plötzlich tauchte Haralds Kopf neben ihm auf. Einar hätte ihn fast nicht erkannt, denn er trug einen Helm mit tief herunterreichendem Nasenschutz.

„Flieg, Fjordelch, flieg!", rief er. Fjordelch! Sicher wieder so ein Wikingerwort für *Schiff*, glaubte Einar.

Er freute sich mit seinem Freund. Endlich galt er

als Mann! Endlich reiste er neuen Abenteuern entgegen! Und Einar war stolz, ihm dabei ein kleines bisschen geholfen zu haben.

Als das Schiff ganz dicht an der Magischen Insel vorbeifuhr, warf Harald eine eng verschnürte Lederhaut über die Reling. Sie landete direkt vor Einar im Sand. „Dein Freund zu sein ist einfach bombastisch fantastisch!", rief er grinsend. Dann winkte Harald ein letztes Mal.

Einar winkte zurück. Erst als das Schiff am Horizont verschwunden war, wickelte Einar das Paket aus. Ein Schwert! Nein, ein Blutzweig!, verbesserte er sich lachend. Es war aus blank gehämmertem Eisen und stammte sicher aus Jörgens Werkstatt. Auf der Klinge waren gerade und gezackte Striche eingraviert – Runen! Ein schöneres Andenken hätte sich Einar gar nicht vorstellen können. Wie erstaunt war er deshalb, als auch noch Gudruns Brosche aus der Haut fiel.

So reich beschenkt man nur echte Freunde, dachte Einar.

„Hugin, Munin? Wo seid ihr?", rief er begeistert. Etwas schläfrig tapste Munin hinter der Hütte hervor. „Hier, Einar. Wir haben gestern ein bisschen zu viel vom Opferroggen genascht!", krächzte der Rabe. „Aber vielleicht gehst du noch einmal in die Hütte. Es könnte sein, dass dich dort jemand erwartet!"

Einar zuckte zusammen. Damit konnte Munin eigentlich nur Odin meinen. Zögernd öffnete er die Tür zur Hütte. Ihr Innerstes hatte sich wieder komplett verändert.

Wo eben noch seine Hängematte gewesen war, stand nun wieder der steinerne Thron. Odin saß darauf, als wäre er niemals weg gewesen. Auch der Wolf hob nur kurz den Kopf, dann döste er weiter. Hugin flatterte herein und nahm auf Odins Schulter Platz.

„Wie mir mein Rabe berichtet, hast du deinen Auftrag mit Bravour gemeistert."

Einar nickte. „Ich hoffe es! Der Text ist jedenfalls in meiner Tasche!"

Odin schüttelte den Kopf. Sein weißer Bart wischte über sein Gewand. „Den benötige ich nun nicht mehr."

Er schlug sein dickes Buch auf. *Chronik der Wikinger* stand in goldenen Buchstaben darauf.

„Ich habe das Loblied auf den tapferen Smigur bereits eingetragen. Der Gesang des Runenmeisters ist bis zu mir nach Asgard gedrungen. Er hat mein Herz sehr erfreut, Einar. Dafür danke ich dir!"

„Nein", antwortete Einar. „Ich muss dir danken! Diese Reise war so aufregend und spannend, dass ich keinen einzelnen Schritt bereue. Auch wenn es manchmal ganz schön gruselig und gefährlich war. Und ich habe etwas für dich!"

Er öffnete die Faust mit Gudruns Brosche. „Wenn du nichts dagegen hast, würde ich das Schwert von meinem Freund Harald gerne als Andenken behalten."

Odin nickte. Er schien hochzufrieden zu sein. „Gut, mein lieber Einar. Und jetzt habe ich noch eine letzte Bitte an meinen Forschungsassistenten. Schreibe mir einen kurzen Bericht über das Leben in der Wikingerzeit. Meine Chronik ist nahezu vollendet, doch ich denke, du wirst das eine oder andere interessante Detail beobachtet haben, das dem Buch vielleicht noch fehlt. Danach bist du von allen Pflichten entbunden!"

Einar merkte, wie sein Herz einen Hüpfer machte. „Nichts lieber als das!", jubelte er. „Ich wollte sowieso alles noch einmal in Ruhe nachlesen, wenn ich wieder zu Hause bin!"

„Du bist bereits da!", krächzte Munin. „Und denk dran: Es regnet und stürmt!"

Verwirrt blickte Einar zur Tür der Hütte hinaus. Das eben noch so schöne Mittsommerwetter hatte sich zu einem tosenden Sturm gewandelt, der über das Wasser tobte. Richtig, alles hatte ja mit dem Sturm angefangen!

„Ich werde dafür sorgen, dass du unbeschadet nach Hause kommst", versprach ihm Odin. „Und … Einar, vergiss dein Schwert nicht! Wer weiß, ob du es nicht vielleicht noch einmal brauchen kannst! Die Runen bedeuten: Ein Lob auf den tapferen Einar!"

Tief berührt ging Einar zum Thron zurück und nahm das Schwert, das Odin ihm hinhielt.

„Ach, eine Frage habe ich noch!" Einar zögerte. „Bjarne und Ingvar, haben sie es damals auf eine Insel geschafft?"

Odin nickte. „Und dort sind sie glücklich geworden!"

„Und … Harald?"

„Harald hat Erik den Roten nach Island und dann nach Grönland begleitet. Später ist er mit Leif Erikson nach Vinland gefahren. Er ist ein tüchtiger Seemann und ein mutiger Abenteurer geworden, dein Freund Harald."

Mit leichtem Herzen verließ Einar die Hütte. Er wartete einen Augenblick, dann öffnete er wieder die Tür. Wie erwartet, waren Odin und sein Wolf mitsamt dem Thron verschwunden. Rasch zog sich

Einar die Wikingerkleidung aus. Die Jeans, das T-Shirt und seine Wachsjacke hingen unverändert in dem Spind neben der Tür. Nach drei Tagen in einem Leinenumhang kamen sie ihm jetzt seltsam unbequem vor. Einmal noch schaute er sich in der Hütte um, dann schloss er gewissenhaft die Tür. Auf der Insel war es zwar trocken, aber das Boot am Ufer wurde bereits von Wellen hin- und hergeschleudert.

„Mach's gut, Einar!", krächzte ihm Munin hinterher.

„Tschüss, ihr zwei!", antwortete Einar. „Ich werde euch vermissen!"

„Man trifft sich immer zweimal im Leben!", orakelte Hugin. Es klang freundlich und rätselhaft zugleich.

In diesem Augenblick stieß die Insel am Fjordufer an. Mit

einem Sprung war Einar auf den Felsen der Küste. In Sekunden hatte ihn der peitschende Regen wieder bis auf die Haut durchnässt. Seine Haare hingen ihm ins Gesicht. Einar wischte sie mit dem Handrücken aus den Augen. Odin steckte er zu seinem Schwert unter die Jacke. Dankbar fiepte der Hund in seinem trockenen Versteck.

Odin, der Magier, schien Einars Schritte tatsächlich zu überwachen, denn diesmal kletterte er sicher über die Felsbrocken.

Auf dem Weg zum Leuchtturm musste Einar breit grinsen. Eine Reise in die Zeit der Wikinger? Davon konnte er keinem erzählen, niemand würde ihm glauben! Oder war er vielleicht nur auf den Kopf gefallen und hatte sich alles eingebildet? Einar hatte von solchen verrückten Vorfällen gelesen. Doch da spürte er wieder das kalte Schwert an seinem Bein. Einen besseren Beweis für seine Reise gab es nicht!

„Einar!"

Seine Mutter stand an der Tür des Turms und brüllte ihm entgegen. „Komm sofort rein!"

„Mama!", rief Einar erfreut. „Wie schön, dich endlich wiederzusehen!" Freudig fiel er seiner Mutter um den Hals.

„Einar, spinnst du? Du bist klitschnass!", kreischte sie zum Spaß. „Und jetzt nichts wie rein! Bei dem Wetter bleibt man in der warmen Stube. Auch wenn man ein Hund ist!"

Das galt Odin, der sich aus Einars Wachsjacke freigekämpft hatte. Jetzt schüttelte er sich die Tropfen aus dem Fell.

„Eieiei ... eine Sintflut im eigenen Haus! Einar, bitte rubbel Odin rasch trocken, und dann nichts wie unter die heiße Dusche mit dir, ja? Und häng die nassen Klamotten auf, hörst du?"

„Ja klar, zu Befehl. Aber danach darfst du mich eine Weile nicht stören", wünschte Einar. „Ich muss etwas Wichtiges schreiben!"

Seine Mutter zog verwundert die Augenbrauen hoch.

„Versprochen!", antwortete sie. „Gilt das auch, wenn ich dir eine Tafel Schokolade bringen möchte?"

Einar grinste. „Dafür bekommst du eine Sondergenehmigung!"

Mit einem seltsamen Gefühl stieg er die runden Stufen zu seinem Labor hinauf. Alles war so modern hier! Auch Odin schnüffelte verwirrt an seinem Körbchen. Einar lachte.

„So schön unsere Reise auch war, Odin! So schön ist es auch, in unsere Zeit zurückzukehren!", fand er. „Der Wind pfeift nicht durch die Wände und der Qualm des Ofens räuchert auch nicht das Zimmer zu. Außerdem gibt's Erdbeer-Sahne-Tee und Schokolade!"

Lieber Odin!

Wikinger nennt man die Menschen, die etwa zwischen 800 und 1100 nach Christus in Skandinavien, also in den heutigen Ländern Dänemark, Norwegen und Schweden, lebten.

Wer glaubt, die Wikinger wären nur prügelnde und kämpfende Unholde gewesen, der irrt sich gewaltig!

Die meisten Wikinger waren Bauern und mussten schwer für ihre Ernte arbeiten. Sie bauten Gerste, Hafer und Roggen an, außerdem Erbsen, Bohnen, Kohl und Zwiebeln. Milch bekamen sie von Kühen und Ziegen; Schafe lieferten Wolle für ihre Kleidung. Da fast alle Wikinger nah am Wasser lebten, ernährten sie sich natürlich auch viel von Fisch. Im Winter jedoch wurden die Vorräte oft knapp, und die Ärmsten verhungerten.

Damals starben auch viele Kinder, noch bevor sie zehn Jahre alt waren. Wenn mehrere Geschwister überlebten, wurde der Hof mit allen Ländereien an den ältesten Sohn vererbt. Die anderen Kinder erhielten nichts.

Viele junge Männer ließen sich deshalb für Raubzüge anwerben. So konnten sie ihren Familien das Überleben sichern. Mit ihren wendigen Schiffen befuhren die Wikinger die Küsten von ganz Europa und plünderten die reichen Städte aus. Besonders gerne überfielen sie auch Klöster, weil die Mönche sich nicht gut wehren konnten.

Der erste schriftlich bezeugte Raubzug der Wikinger war der Überfall auf das Kloster Lindisfarne, England, im Jahr 793. In der Geschichtswissenschaft markiert dieses Jahr auch den Beginn der Wikingerzeit.

Viele Überfälle, vor allem in weit entfernten Städten und Machtzentren, waren groß angelegt: Bei einem Angriff im Jahr 907 auf Konstantinopel, dem heutigen Istanbul in der Türkei, zählte ein Chronist 80 000 Wikinger auf 2 000 Schiffen. Sie mussten nicht kämpfen, die Einwohner zahlten einen hohen Betrag in Gold und Silber, ein Schutzgeld sozusagen.

Da es noch keine Seekarten und keinen Kompass gab, mussten sich die Wikinger auf See an der Sonne und nachts an den Sternen orientieren. Außerdem beobachteten sie den Flug der Seevögel, die Farbe des Wassers, die Meeresströmung und sogar den Zug von Fischschwärmen. Weil sie so gute und wagemutige Seefahrer waren, führten ihre Reisen fast um die ganze Welt, sogar bis nach China! Wenn die Wikinger auf einem Fluss nicht mehr weiterkamen, hievten sie ihr Schiff aus dem Wasser. Die Ruderer hoben es sich auf die Schultern und trugen es über Land – mit allem Gepäck und der Beute darauf! Manchmal rollten sie es auch auf Baumstämmen zum nächsten Gewässer.

Mit den fremden Ländern Handel zu treiben war jedoch noch lohnender, als sie auszurauben. Das begriffen die Wikinger schnell. Sie tauschten Wolle aus Island, Walrosselfenbein aus Grönland oder Felle und Bernstein aus Norwegen gegen Waren ein, die es in Skandinavien nicht gab. Schwer beladen kamen die Handelsschiffe zurück. Sie brachten Wein und Salz aus Frankreich, Honig, Wachs und Gläser aus Mitteleuropa und wertvolle Gewürze, Seide, Porzellan und Goldschmuck aus Konstantinopel und China mit.

Bald entstanden im Reich der Wikinger große Handelsstädte, zum Beispiel Haithabu und Hedeby. Diese Städte liegen heute im Norden Deutschlands, ihre Grundmauern kann man noch besichtigen. Hier legten auch fremde Händler aus anderen Ländern mit ihren Schiffen an. Statt zu tauschen, bezahlten sie ihre Waren mit Silber. Die Wikinger hatten feine Waagen, mit denen sie das Silber grammgenau wogen.

Die Wikinger waren exzellente Schiffsbauer. Ohne ihre stabilen Schiffe wären Raubzüge, Entdeckungsfahrten und Handel nicht möglich gewesen. Sie bauten drei verschiedene Arten von Schiffen. Die berühmten Langschiffe wurden für den Krieg und für Überfälle angefertigt. Sie waren ungefähr 30 Meter lang und lagen sehr flach im Wasser. So konnten die Wikinger ganz nah an die Küsten heranfahren, ohne auf Grund aufzulaufen. Das hatte den Vorteil, dass sie blitzschnell angreifen konnten. Bevor sich jemand zur Wehr setzte, waren sie schon wieder verschwunden. 60 Krieger hatten auf einem Schiff Platz. Sie saßen auf ihren Seemannstruhen, in denen alles war, was sie für die Reise brauchten. Allerdings gab es keinen überdachten Raum. Auch wenn das Schiff in einen tosenden Sturm kam, mussten alle ungeschützt auf ihren Plätzen sitzen bleiben. Um Feinde und fremde

Götter abzuschrecken, wurde der Vordersteven bei Raubzügen mit Furcht einflößenden Figuren verziert – zum Beispiel einem Drachen, weshalb man diese Kriegsboote auch „Drachenschiffe" nennt.

Die zweite Schiffsart hieß „Knorr". Diese Boote waren viel kürzer und hatten einen tiefer liegenden Bauch mit viel Stauraum. Die Wikinger benutzten es als Handelsschiff, da es viel Ware aufnehmen konnte. Wenn sie neue Inseln oder Küsten besiedelten, fand die gesamte Familie mit allen Besitztümern und dem Vieh darauf Platz. Weil die Knorr so tief im Wasser lagen, fuhren sie viel langsamer als die Drachenschiffe. Auf Handelsfahrten bestand die Mannschaft eines Knorrs aus bis zu 30 Wikingern.

Dann gab es noch kleine Boote, die zum Fischfang oder für kleine Transporte benutzt wurden. Sie sahen so ähnlich aus wie heutige Ruderboote aus Holz.

Ein großes Schiff zu bauen dauerte nicht nur sehr lange, es war auch teuer! Die Wikinger hatten hervorragende Handwerker, die ohne Bauplan auskamen und sich allein auf Erfahrung, Augenmaß und den geschickten Umgang mit der Axt verließen.

Sie zimmerten zuerst das Grundgerüst des Schiffs, also den Kiel aus Eiche und die Verstrebungen. Wie das Skelett eines Wals sah das aus! Auf dieses Skelett wurden lange Planken genagelt, dafür nahm man Birken oder Eschen. Sie mussten sich wie Dachziegel überlappen, um dicht zu halten. Zusätzlich wurden sie regelmäßig mit Teer und Seehundöl abgedichtet.

Der Mast kam zum Schluss. Er wurde aus einem geraden Baum gezimmert, am liebsten nahmen die Handwerker dafür eine Kiefer. Noch einen Trick hatten die Schiffsbauer auf Lager: Sie sägten die Bretter nicht, sondern schlugen sie mit ihren Äxten. So wurden die Fasern des Holzes nicht beschädigt, und es hielt besser dicht. Die Zimmermänner waren stolz auf ihr Können mit der Axt!

Die Segel waren aus Leinenbahnen zusammengenäht und oft rotweiß gestreift. So waren die Schiffe von Weitem zu erkennen und verbreiteten schon Angst und Schrecken, bevor sie überhaupt anlegten.

Viele Wikinger siedelten nach Island oder Grönland über. Nicht alle so unfreiwillig wie Erik der Rote. Manche zogen auch nach Russland und gründeten dort neue Siedlungen und Städte. Als Leif Eriksson, der Sohn des Roten Erik, erwachsen war, hörte er fasziniert dem Bericht von Bjarni Hjerlufson, einem Fernhandelsmann, zu. Bei einer Fahrt von Island nach Grönland war Bjarni mit seinem Knorr in einem Unwetter vom Kurs weit abgetrieben worden. Er erblickte in der Ferne Land, drehte aber bei und fuhr zurück nach Island. Leif kaufte Bjarni sein hochseetüchtiges Schiff ab, warb Männer an und machte sich auf den Weg, das neue Land zu erkunden. Er fand: Amerika, 500 Jahre vor Christoph Kolumbus! Leif nannte es Vinland, weil er meinte, dass dort Weintrauben wachsen. Nach einem Jahr Forschungsreise fuhr er zurück nach Grönland. Seine Brüder versuchten in späteren Jahren, das neue warme Land zu besiedeln. Doch die Indianer, die die Wikinger zuerst verächtlich „Skrälinge", also Feiglinge, genannt hatten, waren gar nicht so feige. Sie lieferten sich immer wieder Kämpfe mit den Wikingern, bis diese schließlich ihre Häuser aufgaben und ins Wikingerreich zurückkehrten. Von da ab kamen nur noch Händler nach Vinland, um Holz zu schlagen und in das fast baumlose Grönland zu bringen.

Das Zeitalter der Wikinger überdauerte kaum 300 Jahre. Doch sie sind nicht einfach verschwunden oder ausgestorben wie die Dinosaurier. Eigentlich sind sie immer noch da. Ihre Nachfahren leben heute vor allem in Dänemark, Schweden, Norwegen, aber auch in Russland, Irland, Schottland, England und Norddeutschland.

Um das Jahr 1000 wurden die Wikingerkönige wie Harald Blauzahn und der Gründer von Trondheim, Olav Tryggvason, Christen. Für ihre Handelsbeziehungen mit den europäischen, christlichen Ländern erschien ihnen das von Vorteil zu sein. – Auch wenn ihnen die neue Religion mit nur einem Gott erst mal komisch vorkam und Begriffe wie „Vergebung" und „Reue" auch. Die Wikingerkönige zwangen ihre Untertanen, sich taufen zu lassen.

Die Wikinger lernten, friedlich mit anderen zusammenzuleben, heirateten Frauen anderer Völker und nahmen fremde Sitten und Bräuche an. Die Kulturen vermischten sich. Die Götter der Wikinger wurden nach und nach vom christlichen Glauben verdrängt. So bist auch du, Odin, langsam in Vergessenheit geraten. Unsere Wochentage erinnern jedoch noch heute an sie: Donnerstag war der Tag des Donnergottes Thor. Auf Englisch heißt er auch noch Thursday. Freitag kommt von Freyr, dem Gott der Fruchtbarkeit.

Einen Helm mit Hörnern darauf habe ich übrigens nur ein einziges Mal bei einem Wikinger gesehen. Bjarne trug ihn bei seiner merkwürdigen Zeremonie. Alle anderen Helme waren glatt – was im Kampf auch viel praktischer und sicherer ist.

Ich glaube, das ist das Wichtigste, was ich über die Wikinger herausgefunden habe. Es hat mir großen Spaß gemacht, dein Forschungsassistent zu sein.

Vielen Dank für das tolle Abenteuer,

Dein Einar

Die ersten 20 Lebensjahre verbrachte THiLO mit Kinderbüchern in der elterlichen Buchhandlung. Anschließend schaute er sich in Afrika, Asien und Mittelamerika um, bevor er mit Freunden als Kabarett-Trio „Die Motzbrocken" erfolgreich durch die Lande zog. Heute lebt THiLO mit seiner Frau und seinen vier Kindern in Mainz und schreibt Geschichten und Drehbücher für u.a. Siebenstein, Sesamstraße, Schloss Einstein und Bibi Blocksberg. Im Loewe Verlag sind bereits zahlreiche Bücher von ihm erschienen, u.a. die Reihe „1001 Abenteuer" und der Kinderroman „Die furchtlose Elf".
Mehr über THiLO und seine Geschichten erfahrt ihr im Internet unter www.thilos-gute-seite.de.

Almud Kunert erblickte an einem eiskalten Januarnachmittag bei Schneetreiben in Bayreuth das Licht der Welt und bestritt dort auch ihre schulische Laufbahn vom Kindergarten bis zum Abitur. Danach zog sie vom schönen Frankenland ins schöne Frankreich, um in Paris zu studieren. In München schloss sie ihr Studium der Bildenden Künste an der Akademie ab. Seither hatte sie als freischaffende Künstlerin diverse Ausstellungen und ein Stipendium der Sommerakademie Salzburg, außerdem arbeitet sie seit 1990 aber auch für Werbeagenturen und seit 1991 für verschiedene Verlage.

Band 2   Band 3   Band 4

Plötzlich ist sie da: die Magische Insel!
Aus dem Meer taucht sie auf und nimmt dich mit
auf Abenteuer voller Spannung und Geheimnisse!